志學之年，回憶中的樂園

楊秀嬌 編
蔡謹安
徐心苓
游軒如 繪

中學生作文集

同學們為徵求書名踴躍投票

校長為學生作文集書名投神聖的一票

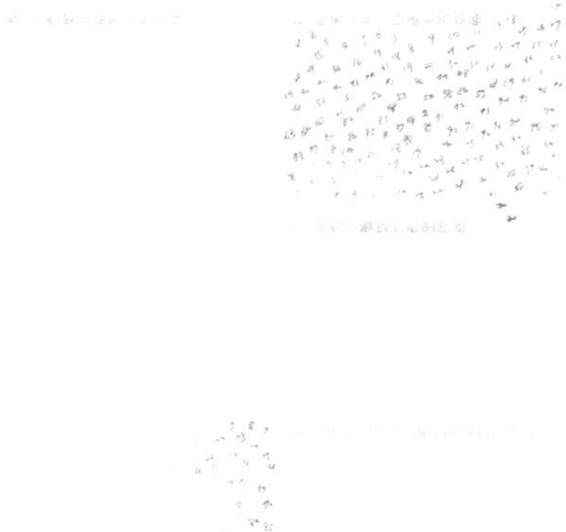

競爭激烈——票數接近的兩個書名

校長頒獎給提供書名的王彥均同學

推薦序

樂讀、樂寫的樂園

兒童文學作家　李光福

《志學之年，回憶中的樂園》，其中的「樂園」指的是哪裡？偷偷告訴你，是桃園市中壢區內壢國中！

第一次踏進內壢國中是在民國八十二年，桃園縣舉辦區運會，內壢國中是巧固球賽的比賽場地，我去當裁判，當時的內壢國中是巧固球比賽的常勝軍；再一次踏進內壢國中是在民國一一〇年，我去出席與作家有約活動，這時的內壢國中是閱讀與寫作風氣鼎盛的學校。

邀請我進行與作家有約活動的是圖推楊秀嬌老師，她原是我的臉友，常見她在臉書上貼許多關於該校閱讀活動的訊息。與作家有約活動後，我才知道：內壢國中的學生不僅愛閱讀，還愛寫作，甚至已經出版了四本的學生作文集！

日前，秀嬌老師告訴我，第五集學生作文集《志學之年，回憶中的樂園》即將出版，邀請我寫一篇推薦序。幫「國中」的「出版品」寫推薦序，是很難得的體驗耶，我就答應了。

在《志學之年，回憶中的樂園》中，共收編了一百篇作品，這些作品來自於七十七位同學的筆下，有些是平常作文中的優秀作品，有些是參加校內或校外作文比賽的得獎作品。內壢國中有二千多名學生，這一百篇作品能脫穎而出，被收編到作文集中，可見都是精華中的精華，不但有閱讀的價值，也很值得收藏。

因為升學主義的關係，在考試主導學習的情形下，台灣的許多國中生是不讀課外書，或是沒時間讀課外書，甚至是懶得讀課外書的，可是對3C產品卻很入迷、很在行。內壢國中的學生卻不然，他們在師長們的引領下，不僅在閱讀方面有表現，在寫作方面也很有成就，徹底顛覆了一般人對國中生在閱讀與寫作方面用功不足的看法。

在《志學年，回憶中的樂園》出版的同時，相信每一個內壢國中的學生都會引以為傲，因為他們愛閱讀、愛寫作，會考的寫作測驗對他們來說，根本沒什麼好害怕的。恭喜《志學之年，回憶中的樂園》出版，也期待閱讀和寫作能在內壢國中更開枝散葉！

推薦序

用筆尖與心靈相會

內壢國中校長　謝益修

文學之美，如繁星點點，閃耀光芒讓星空變得更為引人入勝。如同閱讀，寫作是我們心靈與世界交流相會的方法之一，即使是網際網路日益普及的今日，文字仍是我們重要且獨特的思想溝通方式。英國文學家約翰生曾說過：「知識的基礎必須建立在閱讀上。」而讀寫結合，推動寫作教育更是淬鍊教育與文化的軟實力，培養思考辯證能力，摸索文字之美，進而在閱讀中豐富生命，在寫作中歷練人生。

一件美好的事，是需要時間和工夫去琢磨的。內中孩子有福，始終感謝秀嬌老師有心有系統地集結學生作品，進而出版成書，從二〇一三年出版第一本的《那一年，我們十三歲》、《少年十五二十時》、《青春，在下個街角》、《我把青春寫成書》，到這本《志學之年，回憶中的樂園》，每一冊都是她的心血，也是內中孩子紀錄青春年少的精采作品集。我看到秀嬌老師當年宏願撒下的寫作種子已經開出許多花朵，十年有成，字裡行間，得以見證孩子內心所思所想所轉化成的真實文字。而就在這本即將問世的《志學之年，回憶中的樂園》裡，秀嬌收集許多學生優良作品，從論說議理的命題作文到自由發抒的散文創作，篇篇堪稱一時之選；而閱讀過這些堪稱多元有想法，情真意切的文字作品，反思目前仍然制式的教育環境，做為校長的心裡感覺是驚喜的、驕傲的。

從閱讀到寫作，轉化思想落入珠璣字句，我堅信這是一條方向正確且有意義的道路，讓孩子在老師引導下持續閱讀，熱愛寫作，用筆尖與心靈相會。

推薦序

閱讀生根，悅讀深耕

內壢國中教務主任　陳秋貝

時光飛逝，距離內中出版第一本中學生作文集《那一年，我們十三歲》至今，將近十載。這些年來，內中持續投入推動閱讀教育，鼓勵學生寫作，將優良作文彙編出版，這本《志學之年，回憶中的樂園》，已是內中的第五本學生作文集，是過去在疫情籠罩下這兩年的累積成果，幕後最重要的推手，就是服務本校多年、擔任圖書館推動教師的楊秀嬌老師。

秀嬌老師個兒雖小，但活力十足，樂於多方嘗試新事物，並將所學及生活體驗融入教學。從圖書館推動教師的角色出發，藉由閱讀課及晨光閱讀時間播種奠基，搭配校外走讀及各項閱讀活動推廣，讓閱讀寫作種子得以在內中的教育沃土上萌芽生根、成長茁壯。

從秀嬌老師的選文中，您可以感受到在主題選擇能切合時事，符合中學生生活經驗；細讀學生們的文章，更能從文字中窺見不同的觀點及令人驚豔的佳句。「如果可以重來」寫出對於過往挫敗經驗深刻的體悟與省思；「我最喜愛的植物」可見孩子們用心欣賞植物及比擬人生各種情境的多樣觀點；「真假之間」敘寫科技帶來方便但卻也帶來真假訊息識別的新議題；「從朋友身上學到的事」呈現同儕中優秀值得學習的楷模或是做為自我反省的對象；「新冠肺炎教會我的事」談疫情如何改變我們的生活和患難中彰顯的人性光輝，都是非常適合中學生寫作練習的題材。

《志學之年，回憶中的樂園》這本書的出版，不僅是內中學生寫作成果的累積，更期待能為中學推動閱讀寫作教育拋磚引玉，讓校園的閱讀幼苗生根，在「悅讀」、「樂讀」的學習環境中持續深耕，養成學生的思辨及表達能力，充分培育學生的閱讀力、寫作力，成為具備良好素養的國際化現代公民。

推薦序

踏入「藍色大門」之前：寫作叛逆期的青春革命

台積電文學獎得主／內中校友　宋文郁

在聽說秀嬌老師找我回來寫序文時我猶豫了很久，一方面是不知道該如何下筆，另一方面是因為升上大學後，在我二十歲的這年，見過的人越多，愈發意識到自己的貧乏之處，更遑論對學弟妹來說能夠稱得上什麼榜樣。若真的要說，我現在反而比十三、四歲時更加迷惘而不果決。因此或許不用將我接下來說的這些當成我給學弟妹的指引，且將這些叨叨絮絮視為我對自己這二十年人生的反省就好。

在升學的過程中，有很長一段時間，我以為自己只要拚命達到下個階段，就能擺脫當下的迷惘。所以在國中，我努力考上理想的高中，想像我到了高中就能有所解答；上了高中，對於那些生活中的茫然與挫折、那看不見目標的漫漫長路，我也想像只要到了大學，就能看得更加清晰。

我和許多身邊的同儕都是這樣一路走到我們現在身處的地方。在這樣被設定好的路徑下，寫作只是一種額外的抒發、一種興趣，一種升學主義之下被秤斤秤兩的能力。但現在回看我過往留下的那些十分青澀而不純熟的文章，我發現那些文字是我奮力想擺脫固定的路徑，試圖看清楚自己究竟是什麼、未來又要往何處去的證明。

我想，寫作在某種程度上是反叛的——對我而言，它不只是「寫」，而是一種反覆確認的過程。你試圖在文字中描繪出你所見的世界，但你必須得先看得清楚，所以你直視其中的坑疤、那些缺陷，那些別人不會注意到的瞬間、最不起眼的角落、只有你認為不合理的日常；你也試著重塑自己的輪廓，才得以透過文字將自己置放其中。

另一方面，在我看來，寫作最反叛的其中一點，便是你可能根本不為了得到什麼而寫——對這個功績主義的社會而言，沒有什麼比這更反叛了吧！

但也就是這樣微小的反叛，讓我得以透過文字（還有後來接觸到的社會學），在看似混亂而直觀的世界中能夠看清那些拘束住我們的框架、那些隱藏在「個人選擇」名義背後的指定路徑與社會價值，並找到訴說自身處境的語言，為我所欲維護的價值發聲。

當然，就像我開頭提及的，我並不覺得自己能夠稱得上這些優秀學弟妹的榜樣，二十歲的這年，我也有著自己的迷惘徬徨。

但是既然我也經歷過你們現在所經歷的這段，我想你們可以把這些當成過來人的建議——或許在未來某天你會感受到和我一樣的迷惘，或許是因為升學、或許是因為感情、或許是因為家人，也或許是某些更抽象而難以言述的事情。在你找不到自己的時候，試著看看你過往寫過的文字，或許能從中看見你反叛的痕跡、找到那些還沒熄滅的小小火光。我不敢說我的迷惘因此而不再了，但我的確從中看見某些從過往燃燒至今，今後我相信也會繼續燃燒下去的事物。

許多人會說十三、四歲的你們「還不成熟」，但我不這麼認為。每個年紀有自己的弊病，例如我這個年紀的弊病大概就是逐漸冷卻的熱忱和坐而言的理想主義（好啦，也可能只是我自己）。但現在的你們可以在踏入藍色大門之前，使勁揮灑、想像門後的樣貌；在稜角被磨去之前，用或許並不純熟，但最誠懇的語言，去勾勒你們所見的世界。這是現在的我十分羨慕的。

祝福你們在寫作的叛逆期裡，也能掀起一場自己對世界的小小革命。

主編序

無心插柳柳成蔭

內壢國中退休教師　楊秀嬌

回想三十多年前，寫信給國中時期的國文老師，他在回信中給了我兩句話：「有心栽花花不發，無心插柳柳成蔭。」意思是他並沒有特別花時間給我們指導作文技巧，只是讓我們多寫（一學期要寫九篇作文）並鼓勵我們去參加徵文比賽。後來我得到了「國語日報每月徵文比賽」第六名，另一位同學得到佳作。因為幾年編輯學生作文集的經驗，我終於能體會老師當時的心情了。

從第一次投稿得獎之後，我常會自己找機會參加徵文比賽或投稿報社，很大的原因是閱讀書籍時，發現當時的作者常提到寫文章是為了賺取稿費，而在那個經濟拮据的年代，我也想試試寫文章來賺取稿費。所以從國中時期至今，我都有主動投稿的習慣，雖然現在的投稿已不再是為了稿費，但似乎養成習慣之後，就很難不繼續寫作。所以，也希望我們的學生因為文章出版成書而養成愛閱讀、愛寫作的好習慣。

我們十年出版五本作文集，我想這是個「奇蹟」！連我這個主編回首這過程都感到有些不可思議，要如此堅持真的不容易！每次在搜集文章及校稿過程會有躊躇與徬徨，會萌生放棄的念頭，但只要聽到學生詢問我：「老師，我們的作文集什麼時候可以拿到？」那個心中的行囊裡藏著的理想與堅定又會傳來聲聲的呼喚，把想偷懶的念頭趕得遠遠的。

這兩年多來，因為疫情攪亂了許多既定的計畫，原定今年六月畢業典禮前要完成的作文集，因停課又有學生確診居隔的重重阻礙，以致資料無法收集完整，不得不延後付梓出版，讓畢業生無法在畢業時領取這份特別的禮物。而今年也因為自己申請退休了，所以校稿的工作在暑假期間仍持續著，我想既然已經允諾學生的事情，無論遇到什麼狀況就是盡力完成。

在此，要大大感謝著作等身的兒童文學作家李光福老師，用他的生花妙筆寫下推薦序文鼓勵內中的孩子們「樂讀、樂寫」，誠如他在序文中提及與內中的淵源，又是教育界難得的作家前輩，也是我們學習的標竿人物，有了他的推薦真是讓內中師生倍感榮耀啊！還要感謝益修校長及秋貝主任在繁忙的校務工作中，對於閱讀與寫作的重視程度不亞於其他；以及許許多多的導師及國文老師在作文教學上的指導，沒有這麼棒的行政支持及教師團隊的合作，不會有學生作文集的陸續問世，這就是內中校園最美的風景！

這本書中還有一篇推薦序文非常特別，是由現在就讀台灣大學的內中校友宋文郁所撰寫。她行雲流水般的文筆在國中時期已見端倪，上了高中大學更是寫作大爆發，曾經獲得「台積電文學獎」，也常投稿各大報副刊，論理說情總能引起共鳴又發人深省，筆端常帶感情，感覺她有顆「善感」的心，才能寫出動人心扉的文字！希望她的寫作經驗能帶給學弟妹們一些鼓勵。就像文郁在推薦序文中提到的：「現在的你們可以在踏入藍色大門之前，使勁揮灑、想像門後的樣貌；在稜角被磨去之前，用或許並不純熟，但最誠懇的語言，去勾勒你們所見的世界。這是現在的我十分羨慕的。祝福你們在寫作的叛逆期裡，也能掀起一場自己對世界的小小革命。」

這本《志學之年，回憶中的樂園》作文集，書名也是由全校師生票選出來的，感謝提供書名的王彥均同學，更要感謝收錄在書中一百篇文章的七十七位小小作家們，因為大家平時的認真書寫，才能在約兩年的時間完成內中第五本作文集。最後，希望內中的學生作文集可以永續傳承下去，也希望我們現在「無心插柳」的鼓勵學生寫作，將來有「柳成蔭」的一天。

目次

心情故事

如果可以重來

如果可以重來

江凱風

「早知道會這樣，我就不做了！如果可以重來……」人們經常做完一件事後，才感到後悔。但時光無法倒流，再多的懊悔也沒有用。儘管如此，許多人心中都會有一塊除不掉的疙瘩，那就是「後悔的事」。因此，人們才會想回到過去，試圖阻止那時的自己所做出的錯誤——令自己後悔的事。

如果可以重來，我想回到小時候和祖父母一起住的時光。因為爸媽的工作較忙，因此把我送回宜蘭的祖父母家，讓我在那裡住一段時間。那時的阿公阿嬤，就像我的親生父母，不眠不休的照顧我。但還在孩提時期的我，根本不懂祖父母對我的愛以及無私的奉獻。那時的我，只知玩耍，卻沒有經常和祖父母談天或體貼他們的心意，浪費了能和他們好好相處的時光。之後的十餘年，我都和爸媽、姊姊住在桃園。直到兩年前，坐在電視機前的我，突然接到祖母病逝的消息，匆匆忙忙趕回那伴我度過大半童年的家。進到屋子裡，卻看到祖母一動也不動，永遠熟睡在那兒。這場景令我潸然淚下，後悔沒有好好把握以前的時光。如果可以重來，我不會不回應祖父母……如果可以重來，我就不會調皮讓祖父母擔心……

如果可以重來，我想重回到小時候住在宜蘭的時光，我一定會用所有的時間，好好地陪著祖父母，跟他們一起聊天、一起吃飯，日子雖然平凡，卻是踏實而溫馨。我想讓他們了解我的愛及感謝。如果可以重來，我想回到那段沒被我好好珍惜的時光。很遺憾以前那個懵懂無知的我，未能珍惜祖父母的疼愛。好想回到那段美好的時光，給祖父母一個溫暖的擁抱；好想回到那段美好的時光，跟他們說聲感謝；好想回到那段美好的時光，把我對祖父母的愛傳達給他們；好想回到那段美好的時光……。

現在住在桃園，平時大概一個月才能回宜蘭一次。能陪高齡的祖父聊天，是非常難得的事。因此我格外珍惜這些相處的時光，珍惜和祖父相處，盼能成為我們爺孫倆美好的回憶，不想再徒留失去後的遺憾。希望這份心意與經營維繫，能彌補以前的缺憾，漸漸除去心裡的那塊「疙瘩」。

「早知道會這樣，我就不做了！如果可以重來……」現在聽到這句話時，我會認真地思考：「早知道又怎樣？如果早知道，你就能避免那件事了嗎？」因此，重要的不是「早不早知道」，而是「把握每一個當下、做好每件事」，「如果可以重來……」更是不可能的假設。珍惜當下，不讓自己留下遺憾。了解這個道理，就不會一直活在後悔當中了。

如果可以重來

林宜蓁

如果可以重來，我想搭乘時光穿梭機回到過去。進了艙門，一個聲音響起，問我想回到哪一段時間？我說：「我想回到小學一年級的時候。」於是，我帶著緊張的心情，來到了國小一年級的情境。一出了艙門，看到許多小時候的東西，熟悉的朋友師長，真是令人懷念！

突然又有一個陌生人，來到我的面前。他說：「你想回到哪個情境呢？」我想了想說：「我想回到我偷拿人家東西的那個時刻」——那時候我看到同學帶來的印章，晶瑩剔透的柱體，裡面鑲嵌著五彩繽紛的動物。印在紙上，竟有漸層色彩，成為美麗的印記，令我愛不釋手，我真捨不得還給印章的主人。那時候的我很想擁有，於是我就在下課的時候，趁著大家不注意放進了口袋。心中雖然忐忑，卻夾雜著擁有的欣喜。我把它帶回家，被媽媽發現後，被罵了一頓。隔天我悄悄的把印章送還主人，這件事就這樣悄悄落幕了。

如果可以重來，我回到了那天……，滿懷期待又緊張的心情去上學，我看到那位同學和那個印章——晶瑩剔透的柱體，裡面鑲嵌著五彩繽紛的動物。印在紙上，竟有漸層色彩，成為美麗的印記，令我愛不釋手。但我把印章的特徵記了下來，回家後，我和媽媽分享我在學校所看到的新鮮事物，提到了這個美麗的印章，並且把印章的特徵一五一十描繪給媽媽聽。媽媽說：「有空再帶你去文具店買！」我開心地跳了起來。假日的時候，媽媽真的帶我去買那個印章，我十分珍愛的擁有它，真真切切地屬於我，沒有忐忑不安，不是偷偷摸摸！

如果可以重來，這應該是美好的結局。我在這趟回到過去的旅程體悟到：不要覺得別人的東西很吸引人，就把它帶回家。如果心生羨慕，也想擁有的話，我們可以選擇回去跟長輩分享討論，或許有不同的解決方法。不要因為想要快點擁有，就用偷的。用不正當的方式取得，不僅心中忐忑，也愧對他人，無以立身也使家人蒙羞。這樣的擁有只是負擔，不是真正的快樂。

如果可以重來，我會更成熟的面對心中的慾望……

如果可以重來

林君翰

時光飛逝、歲月如梭，時間總是飛快的流逝，說出去的話和做過的事想收也收不回，每個人都有後悔、想重新來過的事情。雖然回到過去，重新來過根本不可能，但如果給我一次機會，讓我回到過去，好好修正自己的後悔，我想，我要回到國小六年級時的那一天……

那一天，不知怎麼了，我的心情悶悶的，彷彿有顆石頭壓在胸口，所有事物看來都不順眼，一點小舉動都可以輕易點燃我胸口的怒火，而且一發不可收拾。那一天，我的好朋友，似乎想和我談談，拉了我的手，煩躁不安的我立刻甩開他的手，生氣地說：「滾！」他呆住了，用不可置信的眼神看著我，接著他低下頭，喃喃自語：「我只是想關心你一下而已。」看見他落寞離開的背影，我知道我做錯了，但那句「對不起」，不知怎麼的，始終卡在喉嚨說不出口。

從那天後，我們幾乎都不講話了。以前我們經常一起打球、聊天……大家都說我們是雙胞胎，焦不離孟，孟不離焦，形影不離。但現在卻形同陌路，好幾次，我想主動找他聊天，但他冷漠的眼神，在在告訴我，他生氣了！就這樣，這氛圍一直延續到畢業典禮，一直延續到現在，也成了我解不開的遺憾。

如果這件事可以重來，我會設身處地為對方著想，當他拉我的手時，我會先沉住氣，用更委婉的方式告訴他我的感受，表明我需要冷靜一下，並感謝他的關心。而且在心情好轉後，再找他好好聊聊。

因為這件事，讓我了解做事和說話前，應該三思而後行。以後我會更謹言慎行，不再重蹈覆轍，並且學會為別人著想，不要太自私。未來，讓我後悔的事不可能完全沒有，但我能做的就是盡量減少它的發生。我應該要更認真的過每一天，更細心的處理每一件事，更謹慎的說話，有時間多看看書，讓自己的學識更豐富，期許自己做事能更圓滿。

如果可以重來

林亞璇

如果可以重來，多盼望時間能倒流，回到一年前的那個瞬間，讓我有機會修改曾犯下的錯誤，和我的好朋友和好。

曾經我們形影不離，好比光和影子一樣，天生契合；曾經我們心有靈犀，只要一個眼神，就能懂對方在想什麼；曾經我們互相鼓勵，攜手度過每一個春夏秋冬，卻因為一個誤會，從此形同陌路。

當時，這件事傳到我的耳裡，我最好的朋友竟然在背後講我壞話，憤怒、心寒立刻吞噬了我，我失去理性，完全無法判斷，忘了我的好朋友不是這樣的人！任憑她說什麼，我先入為主的不相信，拋下不斷解釋的她，我拂袖而去，從此，我們的友誼出現裂痕，回不去了，我真的對她太失望了，我掏心掏肺，真誠以待的好朋友，竟然這樣對待我，這樣憤恨不平的情緒圍繞了我好多天，她的解釋就像馬耳東風，我充耳不聞。

時間久了，我終於可以定下心來好好想想，仔細回想上次的對話，我是不是誤會了？想起她泛淚的眼神，迫切想說明的神情，再加上我的冷漠對待，我才發覺，我是不是錯怪她了？我想和好，主動傳了訊息，但一直未顯示已讀，可見她封鎖我了，她對我一定失望透頂，我不應該口出惡言，先入為主地認為她一定有說我的壞話，這種被誤會的感覺真不好受，現在我也體會到這感受了。如果可以重來，我一定一定會聽完她的話，並且相信她，不會輕易聽信別人的讒言，冷靜判斷。

經歷這次的教訓，我學會勇敢承認自己的錯誤，而不是一味的先入為主、自以為是。如果可以重來，我不要在失去後才發現朋友的好，在擁有幸福的當下，就要珍惜，不要在失去後才不斷追悔。時間不會為我們停留，我們唯一能做的，就是審慎做好每件事，不要讓自己有機會後悔。

如果可以重來

徐毓庭

「如果如果……」，人們常常把這個詞掛在嘴邊，是不是說過越多次「如果」，就代表自己後悔過越多次？我曾問過自己，如果可以重來，我會想去改變什麼？我的答案是：我希望可以回到四年前的那天。

那時的我四年級，一個平凡的日子，一個萬里無雲的早上，卻發生一件讓我刻骨銘心、悔恨不已的事。因為班上有位同學吃素，所以總是由家人準備午餐。基於好奇心，她的便當盒中的餐點，便成為班上某些小男生覬覦的目標，所以我們男生和女生之間便常常發生「便當保衛戰」。

那天，我一如既往地走進學校，按照慣例在教室上完早上的課程後，終於迎來所有同學最喜歡的午餐時間。在我吃完午餐後，一位男同學想要搶她的餐點，我答應她幫忙看顧她的午餐。可是男同學還是一直想搶她的午餐，這情況已經發生過許多次，煩不勝煩，我一時激動，便做出了讓我最後悔的事——我竟然拿著餐袋直直地往男同學頭上打下去。當下，所有人都愣住了，彷彿時空靜止，我呆若木雞，我剛剛做了什麼？我剛剛做了什麼？直到老師喊我過去，我才清醒，我犯了個大錯，我不但把人打哭了，他頭上還腫了一個包，最後……我還被叫到了學務處。

如果能夠重來，我希望自己不要那麼衝動，希望自己可以三思而後行。如果當時我沒有用餐袋打男同學，他就不會自己偷偷地躲在廁所哭，不會一個星期頭上都頂著一個包。媽媽也不用因為自己的女兒打了別人家的小孩，內心十分愧疚，還親自打了電話給男同學的家長道歉。我真的很內咎，明明是自己的錯，卻連累家長。如果我沒有衝動地動手，就不會發生這一連串的事情了。

現在，距離這件事已經四年了，男同學也沒有什麼大礙。但我總想，若當初我再冷靜一點，是否就不會發生這樣的事了。因為有了這次的事件，給了我很大的警惕，倘若我下次再遇到任何事，我會多思考後才採取行動，而不是貿然從事，希望如此一來，可以減少遺憾的發生。

如果可以重來

莊閎麟

「要是能重來，我要選李白……」我坐在車上，聽著歌，優閒地欣賞著窗外景色，蔚藍的天空是藍色的盤子，潔淨的白雲像棉花糖，和煦的太陽是顆大蛋黃，望著這美麗風光，我彷彿被催眠般，思緒回到幾年前……

那天，我坐在椅子上，右窗灑進六月陽光，左邊書架上雜亂的書就像貝多芬的亂髮，黑板上跳躍的是貝多芬的音符，此刻的我，正因為後面不斷踢我椅子的同學而演奏著五號交響曲。這是堂音樂課，有人規定音樂老師一定要又酷又神祕嗎？要不然，為什麼我的音樂老師要每天換一頂不同的帽子？聽完了貝多芬的曲子，我們全班站起來練習吹笛子，DoMiDoSo……當我沉浸在幾百年前樂聖寫出的浪漫旋律時，破音的笛聲打斷了我的浪漫，阻斷了我的美好，我生氣了！我真的生氣了！怒火燃燒到頂點，我像隻獵犬，低頭尋找這破壞美好的罪魁禍首。終於，我找到了！「王○○！你一直破音耶！人長得醜就算了，連笛子也不會吹！」我瘋狂發洩自己的情緒，完全失去理智！電光石火間，一支直笛飛過來打到我的鼻子，我的鼻血和王○○的眼淚一樣，一直流……一直流……

我做過很多不好的事，但這是讓我最後悔的一個，衝動而出的話竟然如此傷人，原以為惡言能燒傷對方，卻沒想到我竟然也被自己的話燒得遍體鱗傷，尤其是看到王〇〇一直戴著口罩並且故意不理我後，我才意識到我真的傷了她的心。如果可以重來，我不會再講出同樣的話，我會多一些同理心，而且一定要和她道歉。

我們都不是《回到未來》電影裡的瘋博士，我們也沒辦法把車改造成時光機，回到過去並改變過去，所以我們只能專注於現在，我們必須謹言慎行，避免製造無法挽回的遺憾！

如果可以重來

黃詠倢

如果可以重來，我想修正我的粗心及草率；如果可以重來，我想修正我的學習態度；如果可以重來……

還記得那是七年級上學期的事，我一直以為第二次段考的時間是星期二、三，所以當媽媽催促我趕快複習功課時，我還嫌媽媽嘮叨碎念窮緊張！心想：反正時間綽綽有餘，星期一晚上再來挑燈夜戰就好，絕對來得及的。但當我星期一踏進教室時，班上的同學卻都在埋頭苦讀國文，戰戰兢兢的模樣，彷彿即刻就要上戰場似的。我驀然驚覺，難道今天是段考日嗎？我懷著忐忑不安的心和同學一起安靜讀書，唯恐打擾到專注的同學們。早自修結束後，我故作鎮定的問同學：「今天是不是段考啊？」同學露出狐疑的眼神，彷彿我在開玩笑似的回說：「廢話！今天就是段考啊！」短短幾個字，宛如青天霹靂，我心想：這下死定了！我竟然把時間記錯了，現在能做的，只有趕緊衝回座位，「臨陣磨槍，不亮也光！」快快苦讀國文，把一字一句，生吞活剝的吞進已經「空空如也」的腦袋瓜裡！此時，恨不得把自己埋進國文課本裡，把一分鐘當一小時用。但分針、秒針是殘忍的箭矢，射得我毫無招架的能力，瞬間已經遍體鱗傷！

此刻，我終於感受到不願和可愛的課本、習作分開的痛苦，我發瘋似的想擁抱它們久一會兒，唉！時間終究是不等人的，該來的還是來了！當無情的上課鐘聲響起，我只好依依不捨地把課本、習作收進置物櫃裡，含淚道別。看著段考題目卷，大家振筆疾書，時間一分一秒在「唰！唰！唰！」聲中流失，我的手顫抖不停，我的頭直冒冷汗，這種沒有準備好應戰，心虛的感覺真難受，我就像是一個手無寸鐵的戰士，突然被推上戰場，赤手空拳地與手持盾甲利劍的敵人廝殺，注定遍體鱗傷的戰死疆場！

下課鐘響起，最後一排的同學起身收答案卡，這堂考試結束。此時，全班都很有默契地衝向同一個人，她就是班上公認的——學霸，文武雙全，琴棋書畫樣樣精通，尤其是考試更是厲害，所向披靡，她的答案就是標準答案。對完答案後，我的心一直沉、一直沉，宛如歷史大悲劇——鐵達尼號，不好的預感卻浮上心頭……

回家後，我加倍努力複習，希望可以把第一天的失分追回，但最終成績依舊不好看。所有科目的成績揭曉後，班排就出現了，我雖然知道自己的成績不太理想，但還是抱著僥倖的希望，希望有奇蹟出現。成績單是按照座號排序，我從一號慢慢向下看，心不停地狂跳，彷彿樂透開獎，既期待又怕受傷害！我的心跳突然快馬加鞭，越跳越快、越跳越快……終於，我看到了，世上果然沒有奇蹟！不出所料我考差了，明明知道班排會很不理想，但親眼目睹時，還是有一種說不出的苦痛，將我團團圍住，圍得我喘不過氣來，幾乎要窒息了。

「考得如何？班排多少？理想嗎？」回家的路上，面對媽媽連珠炮似的追問，我完全無法回答，平常和媽媽鬥嘴的車子內，歡笑聲此起彼落，今天卻成為我無法逃脫的牢籠，因為當時的我抑鬱不已，整個人沉浸在悲傷的世界中。我和外界中斷訊息，因此根本無法細聽，我不斷想著：我怎麼可以這麼粗心？我怎麼可以這麼草率？我怎麼可以不記清楚考試時間？我怎麼可以……如果可以重來，那該有多好？但滾燙的淚珠，燙傷了我的絕望！

如果能重來，我要回到考試前，把考試的時間仔細看清楚，早一點擬訂計畫，把該看的書都複習完，做好考試的萬全準備，絕對不要心存僥倖，臨時抱佛腳，要好好修正自己的讀書態度。「往者不可諫，來者猶可追！」在經過這次事件後，我得到一個重要的教訓：在做任何事情時，一定要看清楚規則及說明，並且及時做好準備，絕對不要再重蹈覆轍，以免留下無法彌補的遺憾和悔恨！

如果可以重來

廖廷語

漫長的人生旅途中會發生許多會讓人後悔的事，如果給我一次機會可以重來，我必定會好好的珍惜這機會。如果可以，我要回到還沒上幼兒園前，還住在保姆阿嬤家的時候，我要回去好好的……

小時候，因為爸爸和媽媽工作繁忙，沒有時間全心照顧我，所以經過他們精挑細選後就找了一位保姆來照顧我，從此就開啟了我和保姆阿嬤的緣分。我從小就住在保姆阿嬤家，他們全家都對我很好，待我如親人一樣。阿嬤會準備我喜歡的食物，一口一口餵我；阿公會陪我玩，玩著捉迷藏遊戲，逗我笑；阿姨會帶我搭火車，讓我看看外面的世界。我的喜怒哀樂，他們都參與其中，我被悉心呵護著，就像掌上明珠般被寵愛著，他們就是我的全世界！那真的是一段美好的回憶！我還記得，當爸爸媽媽來接我時，我總是不願和阿嬤一家人分開，哭得難分難捨、柔腸寸斷，彷彿他們才是我真正的親人。

但是後來上幼兒園後，我們就很少見到面了，我有了新生活，有了新朋友，有更多人陪我玩，我漸漸忘了阿嬤一家人……除非媽媽提醒我，我總是忘了曾經有一家人這麼細心照顧我，曾經他們是我的全世界！可是在我國小四年級的某天，我晴朗的天空突然下起了滂沱大雨，一個令我崩潰的消息傳來了——保姆阿嬤過世了！待我如親孫女的阿嬤竟然過世了！那天我們一收到這個消息，我的天空失去陽光，我的世界下起了傾盆大雨，懊悔不斷湧上心頭，過往的歡樂一幕幕浮現腦海，眼淚像瀑布般傾瀉而下，我還有好多好多話沒有跟她說……

如果可以重來，我會在我有空的時候回去探望阿嬤，就算是小聊一下也好，至少讓阿嬤不會覺得寂寞，知道我在意她；如果可以重來，我會像小時候一樣陪著阿嬤，像個小跟班一樣，總是跟在她身後「阿嬤！阿嬤！」的叫著，雖然她嘴上會嫌我煩，但我知道她是開心的；如果可以重來，我會把我總是說不出的「我愛妳」三個字說出來，因為我是真心愛著保姆阿嬤的；如果可以重來，我會把我想說的「謝謝妳」說出來，謝謝阿嬤對我的細心照顧。

人總是在事情發生、無法挽回後才開始後悔，為了避免遺憾，我們應該好好珍惜當下，不要在事情發生後才開始後悔。懷著對保姆阿嬤的不捨，我告訴自己要好好的珍惜身邊的人，要勇敢表達感謝，要勇敢表達情感，「愛」要說出口，千萬不要讓自己再有遺憾了！

如果可以重來

徐銘澤

如果可以重來，你會選擇哪件事呢？

如果可以重來，我會回到那一年寒假，那個時候我真的是太「聰明」了！我把存錢筒裡其中三張藍色鈔票抽了出來，走到了離我家一百公尺遠的便利商店，當我從店裡走出來後，手中握的是一張印有密碼的紙和一張發票。

當時，「傳說對決」與「刀劍神域」合作，推出了兩個造型：一個是亞連的桐人，另一個是刀鋒寶貝的亞絲娜，本以為我運氣會很好，花一千塊就能抽中，沒想到花了三千也沒有抽中，看來幸運之神並沒有眷顧我！

如果我抽中了這兩個造型，就可以好好地向朋友們炫耀。但是在花了那麼多錢後，再也開心不起來，心好痛很捨不得那些錢，因為我省吃儉用存下的錢，在一分鐘之內，就化為烏有。當時我的腦袋到底怎麼了？我不斷懊悔著，明明就是不必要的東西，為什麼要買呢？就算買了，角色也不會加強，對玩遊戲，一點幫助也沒有。就像是現實中，買衣服或包包，很多人都會想買名牌，明明用途都一樣，功能可能還沒比一般的好，但還是很多人想買奢侈品，這種奢侈品，我並不需要！為什麼我要亂花父母辛辛苦苦賺的血汗錢，唉……希望這個事件真的能重來。

如果可以重來，我要重新規劃自己金錢的使用，錢要花在值得的地方，我會列出清單，分類哪些是必需品，哪些是可捨棄的，或單純只是為買而買的物品，降低自己對物質的慾望，畢竟爸媽賺錢不容易！

現在，那張因為衝動而換得的發票，一直躺在我的書桌上醒目處，用來自我警惕！如果以後再遇到這種事情，我一定要告訴自己，花錢之前，必須靜下心來，不要衝動，要三思而後行，使用金錢要做好規劃，讓每一分錢發揮最大效益。

如果可以重來

張舒涵

如果可以重來，我希望那時可以讓外公載著我的燦笑到另一個世界去；如果可以重來，我希望那時可以多和外公說幾句話，把外公的聲音永恆地存在我心裡頭。

「要去外公家喔！」每當耳邊響起這句話，隨之而來的便是我的不願和不耐，因為從小和外公外婆見面的次數屈指可數，在生疏之餘也添加了一點尷尬。坐在外公家的長椅上，百無聊賴的我，就像蜘蛛網上即將被吞食的獵物般煎熬，腦中總是不斷浮出「什麼時候可以回家」的求救訊號，待在外公家，讓我渾身難受，只想盡快逃離那難熬的「戰場」……。直到外公的病情每況愈下，我才猛然驚覺：對我總是溫柔無比的外公，能夠出現在我眼前、能夠陪伴我的日子，正展翅飛翔且慢慢的、悄悄的離我而去，我連好好抓住它的機會都沒有了……。

「外公他剛剛……過世了！」心裡五味雜陳的，我的世界有座山崩塌了，故作鎮定聽完媽媽交代的事後，我腦中影像如跑馬燈般快步奔騰，浮現了好多回憶：第一次見到外公、和外公吃飯、在醫院飽受病魔折磨，卻還是不斷對我微笑的外公……這些往事，歷歷在目，如湧泉般浮現，我的心充斥的是自責及後悔。如果可以重來，我希望那時的我可以開心地回外公家，不要總是蹙著眉頭、哀怨、無奈地站在那，彷彿來到人間煉獄；如果可以重來，我希望那時的我可以和外公談天說地，多陪陪他，感受外公的好，也勇敢表達自己對外公的愛，不要因為生疏和膽怯，就木頭木腦地佇立在那。

藉由這次的經驗，我才明白，要多珍惜與家人、長輩相處的時光，每一次的互動、每一次的叮嚀與關心都有那暖心和美好之處，在感到煩躁之前，不妨先想想，和長輩相處的時間有多久呢？何嘗要讓自己後悔莫及好久好久呢？讓我們好好珍惜與家人相處的時光吧！

如果可以重來

王悅恩

如果可以重來，我希望可以回到國小三年級時，改變我對於學習的態度。

國小三年級時，我對於學習這件事，是以一種逃避的心態去面對的。還記得，那時因不想上安親班，就把它推掉了，所以，在沒了安親班老師的督促後，我就完全把讀書、功課、考試這些全部都鬆懈了。整天除了吃飯及睡覺外就是玩，雖然老師和爸媽都已經唸過我了，但我從來都沒有真正的在聽。我的成績都是墊底的，每天去學校都要到櫃子旁獨自寫作業，惡性循環之下讓我更不想讀書了。

雖然四年級開始有再找安親班去上課，功課成績之類的也有些微的回到標準，但我內心依舊厭棄讀書，考試也是隨隨便便的應付了事，直到上了國中……

上國中後，每次的大考和小考後都會有個人成績單，成績單上會有自己的校排和班排，在第一次段考時，我會很想知道自己的名次，當時我就想，這就是我心底的小小聲音吧！慢慢的考試前我會複習了。第二次段考成績出來時，非常緊張，希望自己的複習能夠帶來好的結果，而考試成績也不失所望，進步了一百多名，高興極了！一回家就高興的跟爸媽說：「我進步了！」爸媽了解情況後，也為我開心。

那時，是我第一次感受到因為努力而進步的快樂，高興得整晚都睡不著。我才發覺努力耕耘是會有收穫的，只是以前的我太容易放棄，遇到問題，不是面對，而是逃避，這是我小時候犯下的錯，幸好發現得不算晚，能及時改變自己對學習的態度。

「逝者已矣，來者可追。」在這個世界上，沒有什麼事是可以重來的，就算再怎麼想，那也只是想而已，無法改變任何事情，但當我意識到時，雖然很後悔，但我同時學到了另一項更重要的事，那就是把握當下，不留遺憾。

如果可以重來

劉宓

這世上並非所有事情都盡如人意，總有那麼一些事情是令人惋惜、想挽回的。當這些事情發生時，人們可能會想著：「如果可以重來……」。

二〇二一年十月，一則新聞轟動了全球，地點發生在法國巴黎——一名歷史老師遭到伊斯蘭激進分子當眾斬首。帕蒂，這名歷史老師十月初在課堂提及言論自由時，向班上學生展示先知穆罕默德的諷刺漫畫。對穆斯林而言，先知是不容褻瀆的。一名女學生的家長因此向校方投訴，要求解雇歷史老師，該名學生的家長甚至在社群媒體上公布歷史老師的所在學校及其他身分資料。一日，歷史老師在回家路上被一名伊斯蘭激進分子當街砍頭，就此離開人世。據媒體隨後的報導，當日女學生因被停課並不在場，她只是轉述同學所說；為了讓父親不要因自己停課而失望，她謊稱親眼看見先知遭受歷史老師褻瀆。

這起引起軒然大波的事件發生後，有百萬民眾上街哀悼亡者、並呼籲言論自由。這起事件直接或間接導致了許多事情。其一是大部分溫和的穆斯林受到少部分激進分子的影響。法國有許多清真寺因此次事件關閉，然而，殺人的並不是他們，預防固然沒錯，不過預防卻也影響到了穆斯林的宗教自由。我覺得，任何信徒都有權力捍衛自己的宗教，包含穆斯林，因為這些少數的激進分子而被影響，對他們而言是不平等的。其二是言論自由。根據政教分離原則，任何公共場所都不受宗教影響，若是為了一個群體而限制人們的言論自由，會破壞國家整體的團結。我認為人們的確有言論自由、而且自由是建立在「尊重」之上，但諷刺漫畫本身是不尊重穆斯林的。其三是社群媒體的推波助瀾。譴責歷史老師的言論在社群媒體上不斷擴大，民眾執行網路公審時已不自覺成為「共犯」，社群媒體已經逐漸成為生活的一部分。可是，我覺得在傳播訊息時，需注意訊息的正確性、以及論點應盡可能不偏不倚。

如果可以重來，我想那名女學生不會選擇說謊。蝴蝶效應源自於一個小小的謊言，徹底的影響整個法國社會。然而，若這個事件沒有發生，人們或許就不會去思考這個一直存在於社會中的問題：「言論自由、宗教自由、與世俗主義」。這世上不存在所謂「如果」，往者不可諫，來者猶可追，與其想著「如果可以重來」，或許思索如何處理當下的問題、如何避免未來發生相同的悲劇、不留下更多遺憾，才是更重要的。

如果可以重來

詹祐任

在金風吹拂的懶散秋季裡，有一件回想起便觸動心房的痛苦回憶，那是將老鼠和大米般相愛的情侶拆散的悲傷又懊悔的過去。

當時我和她一如往常的牽手走在街道上，她以那如糖果般的甜美笑容，深深的將我引入了她的靈魂中，我無法自拔，但這成了悲劇前的最後一檔喜劇。隔了一天，她和我分手了，這快速的轉變使我頓了一會兒，頃刻間，我感覺不到任何事物，像麻痺了，回神後，我急忙地問：「理由是什麼？」而她最後只回答了令我難忘的幾句話：「時光流逝，不合的情感總會沖淡，你我已無緣。」雖然她看似也有些不捨，但還是掩鼻拭淚飛奔而去，離開了我。

隔日，因父母剛好都不在家，我將自己鎖在房內蓋著被子，痛哭流涕，我還想和她談談，但她將我刪除好友，換了手機號碼，感覺像是早就準備好，只差心中的不捨還未切斷似的。日後過了許久，我回想起她說的「情感總會沖淡，你我已無緣」這話，我心中湧出一個人時常會有的想法——如果可以重來。如果可以重來，我會在她離開前抓住她，並且嚴肅的對她說：「就算我們倆的感情已淡，但為了妳，我願意努力地重新找回那濃厚的情感」，我想她可能會落淚吧？但不知道是否可以改變結果，至少我不會到現在，回憶起她那甜蜜的笑容，就悲傷了起來。

如果可以重來，即使不可能，但還是會有希望，希望悲傷變成歡樂，希望分手變成復合，改變過去，重造未來。俗話雖說：「過去不可改，向前看去」，但只要是人，遇到痛苦、悲傷的事，心裡依舊會浮現這句經典——如果可以重來。

如果可以重來

謝佳倪

時光匆匆，歲月如梭，如果可以重來，我是不是可以回到幼兒時期的我，在人際關係上可以改變，是不是就不會很孤單直到畢業？

回想到那純真可愛的幼兒時期，每個班級的上課吵鬧聲，充斥整個校園，連站在幼兒園牆外都能聽見。在我的班級裡，我是最害羞的，最不會說話的，但有位同學她卻對我很有耐心，有時我會很自私，她都會包容我，我難過時，她會安慰我。有一次在玩遊戲時，不小心靠她太近而打到她，雖沒有傷得很嚴重，但也讓她受了很多的苦，讓班上同學把我列為黑名單的感覺又提升了許多。因此我在心中設下了看似簡單，卻又跨不出去的界線，只要一越界，恐懼感將伴隨著許多疑問湧入腦海。像是：如果這樣和她聊天會不會傷到她，後來有人因為受不了我太自私了，而和我絕交。那時我所有的自信心和勇氣全都墜落到谷底，情緒一瞬間變得超難過，我努力的忍住悲傷，但還是默默地走到人煙稀少的地方哭泣，只有她來安慰哭成小豬的我，但我當時只想遠離她，不讓她也被其他同學討厭，從此我很害怕和人做朋友，直到畢業那天，我也一直孤單一人。

如果可以重來，我想回到走向和同學絕交前的時候，彌補我的過錯，在她受傷時陪著她，在她需要時幫助她，不逃避所有的事情，改掉自私心態，不做讓人受傷的事，挽回信心和勇氣，繼續和同學交朋友，也跨過界線，不讓自己再次墜落無底深淵。

逝者已矣，這些事若都能修正，我現在的界線就不存在，也不會感到不自在，不用看別人的眼神行事，現在大概是和朋友開心的玩吧！這樣我的人際關係就可以改變，也不會孤單直到畢業。

如果可以重來

龔芃心

世事多變，人生難免遇到波折，不過我們往往做出錯誤的決定而影響了未來。因此時常聽見人們說：「早知道就……了。」但如果真的能夠早點知道呢？

我有一個非常愛我的阿姨，她常常請我吃東西，常常送禮物給我，每次拜訪她，總是熱情地招待我。我與她情同姊妹，就連打電動都會一起，她總是知道我在想什麼。我們經常彼此分享自己的生活，無論是好是壞，而她也給了我很多很好的建議。她無微不至的照顧，讓我們的關係更加契合，不過因為她住在高雄，所以也沒有辦法常常見面。

就在某一個看似平凡的星期三，我得知她罹患了癌症過世了，我的內心驚訝得不得了，卻只能故作鎮定的躲起來。當時的我也不敢哭出聲音來，當下有如撕心裂肺般的滴下眼淚，生氣她都不說一聲就離開了。而才小學的我，並沒有這樣的經驗，也沒有處理這種事情的能力，所以有一片烏雲盤旋在我的心中，並下起了一場傾盆大雨，而這雨勢遲遲不停，這片雲也久久不散。就這樣，我心中的失落哀傷停留了好幾個禮拜。

如果時光倒流，我多希望能夠回到阿姨去世的前一天，和她一起享受美好的早晨。一起在熱鬧的街上散步；一起在陽光灑落的草皮上野餐；一起在寂靜的夜晚看著閃爍的星辰，分享著彼此心中的大小事。並在她離開的前一刻，握緊她的雙手，告訴她，她是我生命中不可或缺的親人；她讓我的人生充滿了無限的色彩和希望；她讓我的生命從此變得不平凡了，我也非常珍惜和她在一起的每一分每一秒。

人的一生中會經歷許多事，事情過後難免會有後悔，所以即便只是一點小錯也渴望回到過去修正。現實生活中雖然不可能再回到從前，只能告訴自己坦然面對已經犯錯的事實，但我們可以加以改正，才不會讓同樣的事情重蹈覆轍，也能從錯誤中學習。

如果可以重來

呂宜蓁

蔚藍的天空搭配著一片片彷彿一吹就散的雲朵。我一如往常地坐在教室裡，耳裡聽著老師的教課聲、同學的書寫聲。看著那一望無際的天空，常在想：如果可以重來……。

如果可以重來，我想回到小學三年級的時候，要是那時我沒有因為一時的貪玩，跑去和舅舅借了一台平板，我的成績就不會變成宛如走下坡一樣，一步一步地，步入了無底深淵，一去不復返，難以翻轉的命運。

曾經，我的成績在中上的程度，數學、國語、英語、……，都難不倒我；曾經，我的視力就像老鷹一般，銳利無比。自從碰到了平板，那些我曾經擁有的能力卻距離越來越遠了。如果能回到以前，我會告誡自己不要再沉迷下去了；我會克制對平板的狂熱。這樣的話，是否就能變回以前那樣的成績，那樣的視力，那樣的曾經……。

若真能重來，我一定會把那些時間拿去多練習一兩題數學題；我一定會把那些時間拿去多磨練我的畫技，甚至是鋼琴……。

過去，那都已經是過去式了，不管以前發生了什麼事，那都已經過去了。我們沒有哆啦A夢的時光腰帶，沒有時光電視，更沒有時光機。且根據英國知名物理學家霍金表示，他認為我們頂多能夠前往未來，並不可能回到過去。舉一個最簡單的例子：如果你回到了過去殺了你自己，那麼你在被殺當下就死了，這樣的話，又是誰穿越時空殺了你呢？如此證明回到過去是行不通的，若真的回到了過去，可能也不是我們所熟悉的世界了。

過去，就是都真的過去了，曾經的擁有、曾經的喜歡、曾經的親人，我們都應該放下執念，雖然曾經的人事物很重要，但現在所擁有的，不也很重要嗎？未來的路還很長，放下執著和身邊的人相互扶持，一起走下去，走出美好人生的道路。

我最喜愛的植物

我最喜愛的植物

戴芷翎

植物的種類很多，有向日葵、牽牛花、紫錦草、玫瑰等等，他們可能外型鮮豔、強眼，但是我最喜歡的植物是很低調，像闇然自修的君子——水苔。

水苔是苔蘚植物，外表不像玫瑰、蘭花這麼的起眼，是一種「黯淡無光」的棕色，外型像泥土一樣，沒有什麼實質的形狀。他的生存策略就像落花生一樣，靜靜的埋在土中，不張揚，等待適當的時機，再神不知鬼不覺的噴發孢子繁殖，完成一生的生命週期。

水苔具有保水性，適用於所有植物中，小到一株綠豆苗，大到一棵大樹都有可能，在它們與泥土之間都會發現水苔的蛛絲馬跡，水苔可以使植物吸收的水分不這麼快的流失、蒸發。每當大雨來襲，水苔盡它所有的力氣鎖住水份，形成地下水，得以支撐大地，不致於地層下陷，給人們一個舒適的生存環境。

其實，我的個性有點像水苔一樣，低調、不張揚，也很堅韌。對於任何的事情，我選擇低調，努力的充實自己，把自己的工作做好，對自己負責，可能真的黯淡無光，期許自己有一天能像水苔一樣，展現自己的能力，成為有內涵又能支撐大局的人。

我最喜愛的植物

劉佑妮

在這世界上，有許多各式各樣、千奇百怪的植物，但是，能成功吸引我的注意，根本五樣都不到。其中，最讓我喜愛的，應該就是社區大門前面那一叢「百合花」吧！

百合花形狀偏細長，葉子平行脈，為被子植物，花瓣呈米白色，白色之中隱約透黃，有種神秘感。起初，我根本沒有觀察到，後來有天，我家狗咬著一朵百合花回來，我才發現，原來百合長得如此美麗！

百合給我的感覺是：優雅純潔，它散發出一股氣息，就像文青女孩散發出來的，有種特別的魅力。有時，大家可能都覺得白色事物看起來顯得特別純潔，像我就是。看到了百合花讓我的心很沉靜，心無雜念，不會胡思亂想，可以讓我冷靜的思考，能讓我和大自然融為一體。

再來，有時面對課業的壓力、考試的壓力，心情會特別浮躁，難免會有些奇怪的想法。這時，我會去社區大門前，坐在石椅上，看看百合花，靜靜的思考，似乎內心的煩惱少了些，再想，壓力沒了，做起事來會比較有動力。每個人都會累，但都必須要會舒壓，而我舒壓的方式就是看百合花、心想百合花，這過程中，也讓它教會了我許多知識。希望大家也要常常四處走走，找到自己最愛的植物！

我最喜愛的植物

陳心瑀

你們最喜愛的植物是什麼呢？是像太陽一樣有活力的向日葵？還是像君子般謙虛的竹子？又或者是像皇后般艷麗高貴的玫瑰，但比起這些各具個性的植物，我還是最喜愛像鳥兒般自由的蒲公英。

說到蒲公英的外型，有著輕巧的身體，風一吹，隨風起舞，像是一個漂泊的旅人，有一頭白色秀髮，如果真要我說他像什麼，那肯定是像一位硬朗且有活力的老人，看起來雖然虛弱，但比誰都有朝氣，比誰都自由，風一吹，種子像是準備已久要勁舞的舞者們，個個比誰跳得高，個個比誰飛得遠，最後像是累癱的舞者，睡倒在地上，等醒來後再為下一次的勁舞做好準備。

我會喜愛蒲公英的原因，不僅僅是因為他很自由，也是因為即使被拆散，仍然團結的精神深深感動了我，就算與同伴分隔兩地，仍努力萌生下個新生命，讓我深深佩服不已。他，也是小孩子的玩伴，手一拿，吹起，白色的種子有如群鶴舞空般熱鬧，同時也是拍照的最佳夥伴，讓我彷彿置身在白色花海中，是多麼迷人、沉靜。

雖然蒲公英不及玫瑰般艷麗、竹子般謙虛，但他比誰都來得自在、團結，想飄到哪裡一切隨緣，很像我憧憬自由。如鳥兒般自由的旅人，就是我最喜愛的蒲公英。

我最喜愛的植物

曾沛瑄

從世界上最一開始的第一種植物——綠藻，到現在千萬種植物，我們為這些植物命名，將這些植物種植在自家庭院、公共道路、餐桌上，就像是我最喜愛的「雞蛋花」一樣。

我家對面的鄰居種了一棵平常不怎麼起眼的雞蛋花樹，普通的外貌是那種不會讓人多看一眼的款式。其實真正讓我不解的是它那長得畸形又奇怪的枝枒，從泥土以上的枝幹幾乎呈現一樣的粗度，只有在接近末梢時才慢慢變細，上頭的樹葉也不像一般的樹種茂盛，在光禿禿的樹幹上只有幾片似乎快掉下來的葉子勉強停留，像是老天爺憐憫它而黏上去的，矮小的身軀也不能供人遮風避雨，毫不起眼的枝幹也不能供做建材，這棵雞蛋花樹成了我心頭盤據許久的困惑。

直到了最近，時序更迭，變成了炎熱的夏季，在雞蛋花樹那令人百思不解的枝幹上綻放出一朵朵的花。雞蛋花名副其實，其白色乾淨的花瓣中間漸層出淡淡的黃色，就好像是一顆剛敲開完全新鮮無雜質的雞蛋，雖然看似普通、平凡，卻讓我意外的發現，比起大紅大紫的玫瑰花、閃耀吸睛的聖誕紅，這單純樸實、沒有太多點綴的雞蛋花，反而讓我感到心靈上的平靜、明澈，像雞蛋花潔白的花瓣一樣純淨無瑕。

在炎炎的酷暑之中，雞蛋花是那麼低調、平凡、不被人所知道的，就像我們做人，多難在充滿心機的社會上單純、沒有多餘想法的生存下去，它沒有什麼傲人直挺的樹幹可以做家具，也沒有枝繁葉茂到可以供人休息，但我卻在它樸實、潔白的花朵裡體認出做人的道理，了解到它不為人知的特殊之處與難得可貴的地方，所以雞蛋花是我最喜愛的植物。

我最喜愛的植物

呂佳星

我最喜愛的植物，對我來說，便是那號稱「五月雪」的油桐花。喜愛桐花的原因，不單單只是因為外表、香氣，更不是因為它的用處多，而是因為它對我來說，童年大部分的時光，都是「她」陪伴著我，使我的童年顯得豐富、快樂許多。

我家巷口轉角處有一株油桐花樹，矮矮小小的，不怎麼起眼，也不怎麼順眼。冬天時，原本桐花樹上的翠綠葉子，轉為黯淡普通的土褐色，乾枯的樹枝，脆弱得像是隨時都有可能失去連結。「咔」的一聲，直接掉落，這使得它與身旁的景色一樣的蕭瑟，但隨著時間的推移，春、夏之際，樹上的桐花，紛紛像天使的翅膀，緩緩展開，潔白如雪的桐花，帶著一股淡雅的清香，站在樹下，不時有花瓣飄落，落在地上、落在頭上、落在鼻尖上，不說還誤以為人間仙境呢！

小時候的我，常帶著一本書、一支筆、一本畫冊，來到樹蔭下，靜靜描繪著桐花那曼妙的舞姿，翻書時心靜了下來，如桐花將所有浮躁集結起來，化作一片片花瓣，隨風飛落，煩躁也跟著飛走了。或許就是它的陪伴，靜靜站在我身旁，不時在我耳畔低聲說著悄悄話，話中有種輕飄飄的感覺。

它的陪伴，豐富了我的童年；它的陪伴，陪我度過每年煩躁的夏天，一年又一年，度過了無數個悶熱的夏天。它，是我的導師，教會了我心靜的喜悅；也是我的知己，伴我走過童年。

我最喜愛的植物

洪欣妤

孩提時期，對生命的出現總是嘖嘖稱奇，因此任何小型且可任意栽種的盆栽及植物，更是令我愛不釋手。植物生命奇蹟的出現之所以可貴，便是他們能竭盡所能的突破所有，不管是多麼險惡的環境，仍能不顧一切，奮不顧身的向前、向上爭取陽光和水分。若單就最吸引我的生命力強弱之區分，令我最驚奇不已的，除了行道樹下的雜草，還有出自我鼎鼎大名的「綠手指」，卻意外成功上百次的——綠豆。

猶記兒時，母親便手把手帶我「玩轉」綠豆或者各種豆類植物，然而最令我震驚的不是偌大的豌豆及黃豆，反而「綠豆」才是我驚奇指數的榜首。看似不起眼的深綠顆粒，將它平鋪在略濕的棉花上，再輕蓋上一層沾水的衛生紙棉被，奇蹟似的生命就那麼出現了。奮力起身，突破困境，哇！你似乎完成了看似簡單卻沉重的第一步，真替你高興；細細的身軀不畏懼一切，好奇的探頭向世界揮手打招呼，很開心你已經逐漸朝熱情的陽光邁近；很快的，你成功踏上屬於你的旅途，找尋屬於你的陽光，奔向屬於你的世界。

這樣神奇的旅程似乎少了些什麼，又多了些什麼，但不變的是使我受益良多的生命力及精神。當我們看見小綠豆轉為小豆芽的過程之後，在不起眼的外表和不強壯的身軀下，仍然不畏懼干擾、不過度瞻前顧後，或許這一生將變得更有意義。嘗到成功的果實，卻更著迷那難忘的過程，這究竟是不是我所追尋的一切？

奇蹟的生命中透露著那勇敢的生命力，這是個強烈的對比，也是個過分的轉化，更是我所喜愛的完美映襯。願我們都能在強大的生命中，勇敢且堅定的奔赴屬於我們的燦爛星河。

我最喜愛的植物

謝鎧鴻

每種植物都有它們不同的特色，有些討人喜歡，常被欣賞；有些果實飽滿，供人食用；也有些平常不會注意到，被人忽略的野花野草。我最喜歡的植物，就是俗稱「鬼針草」的一種不起眼的植物。

鬼針草一年四季都有，最明顯的特徵就是它的小白花。還記得小時候，每天最喜歡玩的就是鬼針草，它開完花後，花瓣落下，變成了一種可以黏在衣服上，像魔鬼氈一樣的東西，我和妹妹就會採一整堆，整個下午都在丟來丟去。再過一陣子，那些像魔鬼氈的東西，就會變得像海膽一樣，結成一球黑黑刺刺的東西，那樣的狀態雖然也可以黏衣服，但我們就不敢拿來玩了，因為那黑色的刺很不容易脫落，黏在衣服上很難清理，之前玩了被爸媽罵了一頓，後來都不敢去碰，等著它慢慢凋落，接著，那裡又會生出一叢叢新的鬼針草，永遠玩不膩。

還記得以前，爸爸有一大塊菜園，他在週末都會去整理，每次回來褲子上都黏滿了鬼針草種子，我和妹妹總是笑個不停。有時爸爸會拿除草機，把鬼針草全部割掉，但又過了一段時間後，他們又一叢叢長出來，爸爸被他們強大的生命力給嚇到了，後來就沒再除過了。

現在，路邊的鬼針草已經不多了，但有時它們還是會從石頭縫裡鑽出來，令人不禁讚嘆它的生命力。鬼針草這種植物，雖不能與那些華麗的植物比較，但它有許多地方是其他植物比不上的，它強大的生命力，還有不畏風雨生長的精神，使它成為我心目中最喜愛的植物。

我最喜愛的植物

牛圓婕

地球上有或千或百的植物，而其中比起潑辣的牽牛，嬌豔的玫瑰，清香的百合，我更愛壯闊的榕樹。

從小時候起，榕樹就是我的玩伴。幼年因父母工作繁忙，無暇陪伴，只好自己打發時間，而其中我最愜意的就是拿著一本書倚靠著院子裡的大榕樹，度過無數個下午。它從一棵小樹開始，有了主幹，許多枒便向外擴散，在每一個枝節處都長滿了鮮嫩的綠葉，枝葉扶疏，慢慢形成了一個巨大的遮陽傘。每當我依偎著它時，不必擔心會被烈陽直射，能讓我安心的投入閱讀的愉悅中，投入大樹那壯闊的懷抱，神遊其中，無法自拔，時間便在指間流逝。

長大後，我依然抱持著在榕樹的蔭涼裡翻閱書籍的習慣，但對它卻多了另外一層想法。它為何總恣意的往外生長？它為何要長出那一條條的鬚根？原來那些皆是它的生存法則。經歷了許多氣候變遷或生物優勝劣敗的演化，它深知自己必須不停地精進自我，才可繼續生存在這個世界，因此它長出了鬚根，藉此呼吸氧氣。它不可能停止自己向前邁進的腳步，否則，物競天擇，它只有消失的命運，再也不見它的存在。人也是一樣的，不可能永遠維持在同一個水平，同一個狀態，否則將被時代吞噬。俗話說得好：「活到老學到老」，學習是無止境、不分年齡的，在體驗生活的同時也要增廣自己的知識、世界觀，跟著日新月異的社會，看向整個世界，順著競爭洪流上升。我也要找尋著自己的定位，持續的向上努力，才能站在一個屹立不搖的位置。

「榕樹」陪伴我的童年時期，也帶給我一個重要的人生啟示，賦予我獨特的見解，讓我站在和別人不一樣的高度，這就是為甚麼在地球上千奇百怪的植物裡，我最喜愛它。

真假之間

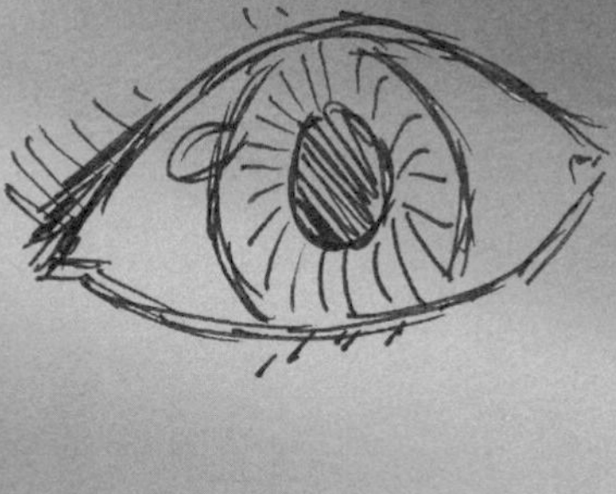

真假之間

郝紫鈴

網路上，充斥著許多假消息，需要我們謹慎地分辨這些訊息。小至中年大叔利用修圖軟體假扮芳齡十八美少女，大至詐騙集團利用變聲器將聲音化作你的親朋好友向你借錢……。詐騙案件層出不窮，這些事影響著我們的生活。

我時常在社交軟體上看到許多俊男美女，殊不知他們的美貌都是靠修圖得來的，真正擁有亮麗外貌的其實並不多。有一次，我接到一通電話，「喂，你好，請問你是？」我問。「嗚——嗚——嗚——，媽媽，有一個叔叔把我抓去黑漆漆的房間裡，快來救我，說要給他二十萬才放我走，我好害怕，媽媽快來救我……」。我想都沒想，直接掛斷了電話。畢竟我十三歲，哪裡來的兒子？

我也時常在「長輩群」看到許多假消息。例如：吃生魚片會附著海獸胃腺蟲、吃完柿子後喝優酪乳會中毒、吃菠菜再吃豆腐會結石等等，但其實這些謠言經過查證後都是假的！

我們該如何防範這些假消息呢？首先我們該思考，這個訊息是否為真？有沒有人有類似經驗？再以自己的經驗去思考。接著是查證，去圖書館尋找資料，或上網查詢都是很好的方法。最後再來決定要不要相信這個訊息，決定要不要繼續散播下去。但要注意的是，千萬要確認這個消息的準確性，不然以訛傳訛，很可能會引來法律刑責。

隨著科技愈來愈發達，各式各樣的假消息像病毒般瀰漫在空氣中，我們應該更加防備，用耳朵仔細地聽、用眼睛認真地看、用腦袋謹慎的思考，這樣生活才能多一層保障。

真假之間

姚詩雯

當辛苦工作的人們，回到舒適的家中，滑起手機，看似休息放鬆，但大量的訊息卻以洪水之勢湧了出來，占據了你我的思考，有道是：「假作真時真亦假，真作假時假亦真。」在這科技進步、資訊氾濫的世代，真真假假之間實難分辨！

判斷真假之間的關鍵在「觀察」，媒體為騙取點閱率以賺取暴利，常常不擇手段，以似是而非的虛假消息，致使人心惶惶。如在這次疫情期間，假新聞、假訊息事件層出不窮，以不實消息煽動人民，造成股市下跌，眾人盲目的轉傳，卻讓更多人因此受害。徘徊在真假之間，我們要以明察秋毫的雙眸，仔細觀察，這些假訊息、假新聞都有相似的手法模式，換個角度看世事，你將發現更高、更寬廣的世界，當我們不再以三人成虎的虛假情事口耳相傳，真相之花將會朵朵盛開在每個人的心田。

判斷真假之間的開鍵在於「思考」。笛卡兒曾說：「我思故我在。」冷靜的思考和判斷，往往是阻斷各種詐騙手段的重要關鍵，當我們被各種話術、騙術沖昏頭、無法自拔時，冷靜下來，聽聽別人的意見，也不失為一個好方法，畢竟「當局者迷，旁觀者清」。像是新聞常常播報，有人十分激動的要將錢匯到不知名的帳戶中，幸好受到旁人的勸阻，才沒把辛苦存下的血汗錢，全部付諸東流。猶豫在真假之間的路口，我們要靜心思考，用智慧來明辨是非，讓社會的清濁分流，進而幫助他人，形成善的美好循環。

判斷真假之間的關鍵在於「行動」。生存在網路世代，密密麻麻、層層疊疊的網路像是蜘蛛網般的連繫著，卻也將人們牢牢的控制在網上、無法自拔，我們需要「破網」的勇氣，以行動化解被桎梏的危機。我們不能盲目被動的接收訊息，對於訊息有疑慮時，我們可以即時到「臺灣事實查核中心」查證，不讓假消息漫天飛舞，當接到陌生的電話、簡訊時，可以撥打「165反詐騙」專線電話，不讓自己和周遭的人們，成為下一個受害者，與其不假思索的盲目聽從、散布，不如以行動做出判斷，在陷入真假之間的迷宮中，我們要以行動作出正確的判斷找到對的出口。

在茫茫網路世界中，我也曾身陷其中，迷失在線上遊戲無法自拔。在虛幻的遊戲世界裡，只要花錢課金，便能擁有高級的裝備，讓自己的等級排名瞬時躍升，名列前茅，原本只是想試玩看看同學介紹的免費遊戲，當作調劑身心、跟同學聊天也比較有話題，但是，我卻抵擋不住抽獎廣告的誘惑，排名落後的失落感，卻因為不懂得思考與觀察，真假之間的利弊得失，走上花錢充值、課金買寶物的不歸路。直到有一天，系統顯示要改版升級，我又要花更多的錢才能維持等級，此時赫然發現，我在戶頭多年辛苦存下來的零用錢，早在我的好勝心驅使下，轉帳買遊戲點數，而消失殆盡。大夢初醒的我，意識到自己鑄下大錯，逝去的時間和金錢，帶給我的是慘痛的教訓，在真實與虛假的世界盤旋，更要時刻警惕自己，明辨什麼是真假是非，找到人生真正有價值的事物，不讓人生的舵亂了方向。

這社會中，充滿各種的「假」，唯有抱持一顆溫暖、真誠的心，方能突破人心中最底層的堅冰，卸下虛偽的面具以真誠待人，生活在真假之間而能無入而不自得。

真假之間

余庭沂

現在的時代處處充滿了網路，往馬路上一看，形形色色的路人，不管是長髮、短髮或是畫著精緻妝容的女人，往往手裡都拿著一支手機，兩個處在相同環境裡，相距不過幾十步距離的人，卻不願意講一句話，而是使用手機傳遞訊息及你要說的話，使人們的距離大大拉開，沒有感情的文字，代替了人與人面對面說話時帶起的情緒。科技的進步帶給了我們便利，卻也使大家的生活充滿了距離感，你看不到與你對話的人臉上帶著什麼表情，是否真心你都不知道，使我在網路上非常沉默。

網路上的世界充滿了虛假，線上交易，購物都是有許多未知可能的，你有可能付了錢後，賣方卻一走了之，你買的商品不知去向，也有可能他給你展示的某一面罷了，這種情況我就遇過一次。當時我想買一個外出用的雙肩包，一個黑色的雙肩包，有夾層，它完美的符合我的想法，我便想也沒想的將它買下來了，送過來之後我才發現，它和我預想中的完全不同，我覺得大受欺騙，從此便再也沒有從網路上買東西了。新聞上常常出現一些被騙財騙色的事情，例如：一個女總裁由於感情生活寂寞，便在網路上找了一個男朋友，他一直聲稱自己沒錢，女總裁便前前後後轉了很多錢給他，到最後女總裁發現那個男朋友是個胖大叔時，追悔莫及。

記得五年級時，還沒有手機，當我有什麼事要告訴我的家人時，需要去他們所在的地方，而現在，我只要打個電話或是傳訊息，他們就可以知道。六年級的暑假，我拿到了手機，我幾乎一整天都將自己關在房間裡，我與我的家人之間的距離逐漸拉遠，看到他們我會下意識的躲避，就像見不得光的鼴鼠，因被陽光照射，急急地想回自己洞穴的樣子，我的個性變得安靜、暴躁，容易因為一些小事而傷心難過，讓我明白到：「人」是一種群居性的動物，所以，放下你手中的科技產品吧！你會感到真實世界的美好。

去擁抱覺得生命中重要的人，去看外面的世界，不要把自己關在小小的天地裡，適當的使用科技產品，花更多時間在有意義的事情上面，讓以後的自己回憶時，不只有冰冷的手機界面，而是溫暖的親情、友情。

真假之間

蔡湘涵

現代科技進步，使人們的生活隨之而改變，例如：手機的出現使人們通訊方便；電腦的發明使資訊查詢快速等等。還有網路的便捷，已成了人類一生中不可或缺的幫手，藉由這些工具，發展出全新的世代。在這個世代，科技就等同於我們的朋友，陪伴我們過著充實的每一天。

科技創造出了許多不同的虛擬空間，讓人們感到傷心、難過、不開心時，能夠有個心靈的寄託處，或是讓我們心情放鬆的地方。而待在虛幻的空間，有時甚至能避免人際關係間的衝突。記得那次，因為對分組作業的歧見，我和好友在討論群組裡，各執一詞，誰都不願退讓，徒留尷尬在群組中。關掉對話視窗後，我點開角色扮演遊戲程式，投入天馬行空的世界。待登出遊戲世界後，壓在胸口的那陣煩悶似乎消散，讓我忘卻剛才的不愉快。這時的我，再回頭瀏覽對話紀錄，發現自己過於鑽牛角尖，帶著懊悔與半彌補的想法，我向好友賠罪，讓這次的事件順利落幕。有時，簡單的電玩遊戲或者串流影片，帶來簡單的娛樂，抒發短暫的煩惱。

雖然這麼做能夠隨時解悶，不過在虛擬環境中待太久也不是件好事，要懂得適可而止，才不會因為過度沉迷而上癮，回不了真正的現實世界。我認為在踏進虛擬世界的門之前，要先預設一個時間，也就是你會留在那裏多久的時間，而時間到了，就表示該從虛構的境界離開，回到現實生活了。如果置身虛擬世界的這段時間無法化解你的情緒，就需要先從虛幻中回到現實，才不會為了化解現實的情緒，被鎖在虛假之中而一去不復返。

現實中，越來越多的虛擬空間正被創造著，帶給人們不同的選擇，於此同時，人們被虛假操控的可能性也逐漸提高。我們要避免受科技的束縛，才能發揮科技真正的便利，為社會有所貢獻。

真假之間

陳玨昀

科技是利用科學技術改變自然的資源以達成人類的各種需求，它進步得很快，但在它進步的同時，人們的生活方式也跟著改變，這些改變給了人們許多便利，卻也出現了一些問題。

科技為使我們的生活更便利，像是在聯絡或通訊時我們時常依賴手機，因為它可以很快地找到聯絡對象，也能夠將自己的想法清楚地傳達給對方，所以我們更普及的在使用這項科技。而網際網路已經成為人們不可或缺的工具，在獲取資訊方面，我們可以不用到圖書館，隨時隨地就能夠得到想要的資訊，甚至非常詳細，這些都是拜科技所賜。而現今，生活中的用品，更精準地說，連食物都能利用網路來選購，這不僅讓我們的生活更方便，也讓賣家賺取更多的利益。

科技的進步是件好事，但同時也伴隨著一些負面影響，像是利用網路購物可能就隱藏了些許危機，實際送達的物品可能與網上所示的照片有些差異，或是根本品質不如預期，因此雖然實體購買也許價格會較昂貴，但需要長久使用的物品，還是有人選擇到實體專賣店進行選購。且在網路購物時，個資可能會不小心外流，也可能導致資料外洩而被詐騙等問題，嚴重的話，甚至可能會造成個人財產方面的損失。

科技變得發達，在資訊獲取的方面可能也會造成一些影響，像是「假新聞」。新聞是我們了解每日時事、各國國家大事的管道，若新聞為真，我們可以從中了解更多新時事與知識；若新聞為假，那它將會灌輸錯誤的、不符合事實的資訊給人們，然而人們相信之後，可能會做出錯誤的判斷。像是有些關於藥品的假新聞，若資訊不當，非常有可能會影響身體健康，因此在找資料或獲取資訊時，不妨多找些相關的資訊或是與警政相關單位來連繫，多查詢並與多個管道印證，相信是較為安全的做法。

科技是利用科學技術改變自然資源以達成人類的需求，它是能使生活變得更便利的工具，只要正確的使用，科技便能成為我們生活的好幫手。

真假之間

王麒安

在生活中我們一定會使用科技產品，這帶給了人們方便，但也縮短了人際關係和面對面溝通的機會，仰賴手機和筆記型電腦，讓網路成了全世界不可或缺的工具，雖然科技帶給許多人方便，卻也帶來一些影響。

手機裡有一些軟體，像臉書這些社交軟體上面常常會有假新聞，還有一些手機遊戲會有人在這些社交軟體上「冒充」遊戲的客服。以我自己在前幾天遇到的例子：有一天，我突然收到一則訊息，因為傳給我的是外國人，所以我用了翻譯才看得懂。他傳給我一個網址，並用俄文說：「恭喜您是這個遊戲的幸運兒，按下這個網址，就可以獲得一千虛擬貨幣。」我一看就知道是假的，因為這是要花錢儲值的，如果是真的，那就不用在這個遊戲裡設定要儲值的設備了。

但這也不是說社交軟體都沒好處，我認為它不僅可以與他人聯繫，還可以立刻把緊急的事情告訴在很遠的對方，而不用特地趕回來；另外有些社交軟體上有視訊和電話的功能。像這次的疫情，使得許多人都不能回家，這時，就可以用視訊的方式見到家人。

雖然現代的科技創新，發展得很快，各有好處和壞處，因此我們要隨時留意，在每個人的身邊都有一些假訊息，所以需要自己理性的思考與批判，才可以避免帳號被盜或洩漏個資的風險。

真假之間

雷馥寧

隨著時代的變遷，科技也跟著慢慢進步，開始有一些人發明了對生活有幫助的物品。例如：筆電、平板、手機等等。但是在享受方便的同時，網路世界也暗藏了許多不為人知的風險，一不小心就有可能掉進萬丈深淵。

利用手機尋找資訊對現代人來說似乎是家常便飯，動動手指就有包羅萬象的資訊出現在眼前，令人滿意，但這些資訊真的又有幾個？我曾經在臉書上看見一個賣減肥藥的廣告，上面的說明寫道：「只要三天，讓你從楊貴妃逆襲成為趙飛燕。」看完我直接傻眼，心裡想說會有人相信那麼不切實際的東西嗎？這完全就不可能啊！結果往下一看，三百多人按讚分享，天啊！真的刷新了我的三觀，而且如果這是真的，那它早就紅遍全球賣到斷貨了，根本不需要做廣告好嗎？在做事情前麻煩用腦袋思考一下。

網路資訊撲朔迷離，想要避免走歪路，那就要先學會辨別網路的真假。首先，我們瀏覽新聞時盡量從一些權威性的官網進行瀏覽；再者，在看待資訊時，利用客觀的角度，也就是自己本身要有一些辨別的能力；還有，利用網友的評論來辨別；最後，我們也可以透過實踐來證明，但前提是沒有涉及到危險。以上是日常生活中常見的一些資訊辨別的方法，希望大家能夠學起來，讓自己能夠準確地了解資訊的真實性。

網路的世界太自由，充滿各種資訊，我們每個人都要培養明辨是非的能力，面對每個網路資訊時也要記得求證，別急著分享，降低發生風險的機率，不要讓網路成為傷害我們的武器。

真假之間

江凱風

資訊技術日新月異，科技進步就如同火箭般神速。通訊、查找資料、購物等的管道更是「一機在手，無遠弗屆」。這些科技給人們帶來方便，同時卻也帶來不少負面的問題。無論好壞，這些現象，確實都對我們的生活造成極大的影響，值得我們深思。

方便的通訊，會讓人過度依賴，而減少實際面對面的溝通，甚至造成人際關係的疏離。以我的例子來說：有次在奶奶家，一樓的姑姑有事要找在二樓的姑丈。大家都以為她要上樓時，姑姑卻拿起手機，一副理所當然地撥電話給姑丈。全家看到這幅景象，覺得既震驚又好笑。連在樓上與樓下、走幾個階梯就可見面的兩人，都要利用電話來溝通，可見人們已經過度依賴通訊的科技。近距離撥電話雖然不是件嚴重的事，但如果慢慢習慣這種生活模式，以後可能做出更誇張的行為，導致人與人的感情逐漸疏遠。又如坐在一起用餐，卻各自滑著手機，彼此成為「最熟悉的陌生人」。在假面的親近下，卻有著真實的疏離感。

隨著科技進步，利用網路犯罪的人也日漸猖狂。除了詐騙之外，更多人利用自以為網路「無法得知真實身分」的特性來隨意留言或傳遞訊息攻擊他人，造成所謂的網路霸凌。但其實躲在螢幕後的鍵盤俠，被警方查出身分後，依然要接受法律的制裁。因此在網路上也必須謹言慎行，不要亂攻擊他人。這些網路的虛假，衝擊著真實生活的我們。另外，網路交友也是網路犯罪的一大隱憂。有些人會把自己的大頭貼換成帥哥美女的照片，並以甜言蜜語來迷惑被害人，最後再利用這份感情，以各種千奇百怪的理由來騙取財物，甚至把人約出來對他不利。這些虛假的身分，欺騙了真實的情感，令人防不勝防。我們能做的，就是在網路的使用上必須非常謹慎，不要隨意相信陌生人，更不要成為網路犯罪的加害者。在科技的助長下，我們都可能遇上「螢幕所見是真，但螢幕後的資料、身分卻是假」的泥淖之中。

真真假假，假假真真，這就是科技的生態。所謂：「科技始終來自於人性」，享受便利的同時，不妨回頭好好思考這些科技被發明的用意。網路、社群軟體、通訊設備……，它們存在的意義，是要讓我們沉迷其中、與現實脫節的嗎？我們可以享受科技帶來真實的便利性，卻也必須用心分辨、查證在這科技背後所隱藏的虛假──假新聞、假訊息、假身分……，讓自己在真假世界裡，擁有明辨真假的智慧，不被虛假所戕害。

真假之間

李恩

在近年，科技每年都以快到令人難以置信的速度進步，科技的進步造福了許多有需求的人們，但同時也造就了一些難以解決的問題，而究竟有哪些問題呢？

手機還未出現以前，人們需要告知在遠方的親友時，需要利用寫信來與對方傳達訊息，而且除了需要等待一週以上，甚至一個月的情況下，還必須承受信件運送過程中於半途遺失的風險，也讓古代訊息傳送的條件雪上加霜。

但如今利用手機通訊已大大降低了發生這些問題的機率。在現代，只要在手機上打好訊息，點擊「發送」，訊息便會如坐著孫悟空的觔斗雲一樣，瞬間翻越了十萬八千里的陸地與海洋，在如導彈發射般準確的IP位置定位，每個人都可以順利的把訊息轟到對方手中。但也是從這裡開始，無盡的詐騙惡夢開始了。仰賴資訊的快速流通，有心人可以迅雷不及掩耳的速度將假消息傳播到全國，以此對社會大眾發表對他人不利或對己有利的假新聞與詐騙簡訊，而令人心裡發寒的是：如今這些假消息的數量正隨著科技的成長不斷的壯大⋯⋯

科技不斷的進步是必然的結果，但有得必有失，由於資訊傳播的速度越來越快，也使假消息要成功的機率越來越大，因此有正確的「媒體識讀」觀念非常重要，不要讓自己成為科技成長下的受害者。

真假之間

吳昀珊

現代科技發達，我們對網際網路的依賴愈加深厚，我們的生活也漸漸和網路密不可分。網路世界裡的真真假假，讓我們既期待享受它的便利，也害怕身受其害。

剛升上國中的那個暑假，我拿到人生中的第一支手機，從那個時候開始，手機對我的影響就越來越大。我開始沉迷於網路世界之中，直到有一天，我開始發覺網路世界的真真假假，令人不寒而慄……。我注意到有些人利用假帳號，留言攻擊他人，讓被害者身心俱疲；有些假訊息流竄在各個群組，造成社會人心惶惶；更有一些移花接木的手法，進行著網路詐騙，使得生活變得疏離不信任……。這些「虛假」躲在螢幕的背後，遮蔽了真相，真真假假，讓我們的世界受到很大的震撼。

隨著年齡與閱歷的增長，我覺察到，任何事都有一體兩面。雖然科技網路很方便，但若是不辨真假，就會對價值觀產生混淆，對自己所見所思感到困惑。網路當中，也存在著許多風險。平時若能善加使用網路，就能讓生活更加便利。但也不能一直流連忘返於網路世界中，許多虛擬的環境，隱藏了許多虛假與危險。像假的身分、假的照片，男生女生無法辨別。人與人的相處，躲在螢幕鍵盤下，什麼是真？挑戰著我們的認知。眼見就一定是真實的嗎？科技造就創新與便利，讓我們的生活變得更加輕鬆，一旦太過依賴，就會衍生出許多的問題。

以前總是覺得3C 科技是生活中最重要資源，但其實它只是用來輔助自己生活更加美好的工具。幫助自己的課業學習，擴展我們的視野，才是我們使用它的初衷，對於科技中隱藏假象與危險，我們也必須留心與查證，避免讓似是而非的虛假蒙蔽了雙眼，捨棄了真相的追尋。

真假之間

劉宓

網路的無遠弗屆可說是當今科技最大的成就之一。然而，伴隨著這樣的便利，「真實」與「假相」便也成為了我們需要注重的事物。在網路的連結下，這世界遙遠的另一端傳來的資訊，究竟是真還是假呢？

在沒有網路的時代，小紅帽千里迢迢去探望生病的外婆，途中遇到了大野狼，經過了重重難關，歷盡千辛萬苦才和外婆團圓。然而，如果有視訊會議，可以預期小紅帽就不會遭遇這麼多危險，大野狼也不必死掉了。對比現代像是LINE、Google提供的網路視訊，都令人與人的交流更加便利。除此之外，「視訊診療」也是網路帶來的一大優點，尤其是COVID-19疫情猖獗時期，須要就醫的患者得以不必穿越病毒環伺的人群移動到醫院，就可以跟醫師取得聯繫，不需要親身到醫院就能讓醫生診斷病情、判斷狀況如何，再由家屬到藥局領藥。從這些例子中，我們可以看到除了有更加多元的溝通管道之外，網路在某種角度拉近了人與人的距離。

在網路上和素未謀面的人互稱「老公」和「老婆」這樣的事情，可說是司空見慣；因此，有時就會出現如下的狀況：「老公，對不起，我要走了，謝謝你給我遊戲幣。」「為甚麼啊？」「因為我老婆要生了。」」。網路雖讓人交流便利，卻也讓人無法知道此時和你談話的人在現實中是甚麼樣子，你稱為「老婆」的人，也許是一個有妻子、而且孩子還快要出生的丈夫。一個螢幕便隔著一個世界，這樣的距離，可能導致一個或許無傷大雅的欺騙，卻也可能導致傾家蕩產的悲劇。網路成為了詐騙的溫床，詐騙的方式有千百種，不論是投資、情感、網購……各種五花八門的手法推陳出新。不時聽到有人為了一個號稱「穩賺不賠」的投資而砸進自己所有的錢財，最後一毛不剩、毫無退路，被詐騙的人一生可能就這樣毀了。至於詐騙者就算是皮諾丘，隔著網路，也沒有人曉得他的鼻子因說謊而變長。

網路為我們帶來了真實——與遠方的人交流、知道遙遠的彼端發生著甚麼樣的事情，卻也充斥了各種假相——稱呼你為老婆或老公的人、穩賺不賠的投資……，螢幕前的我們正處於這樣的真假之間。在享受便利的同時，辨識背後可能的「假相」是必須的；即便經常低頭使用網路，也該時時抬頭看看身旁的家人與朋友，回歸自己眼前的「真實」。

真假之間

黃詠倢

科技不斷創新，社會也不斷進步，在這個日新月異的時代，科技普及改變了人類的生活模式，尤其是網路和手機，更成為青少年生活不可或缺的一部分。

科技發達的時代，手機是影響日常生活的最大發明，它帶給我們的方便，那真是一「托拉庫」（卡車），三天三夜說不完！手機上的通訊軟體能夠幫助相隔兩地的人，擁有交流溝通的即時機會，也能讓沒有交集的人，藉由通訊軟體碰撞出新的火花，更能讓不常見面的人好好聊聊，讓情感更加緊密、升溫；外送軟體帶給現代人更大的方便，不必出門，只要使用「一指神功」滑一滑手機，貨物馬上送到府。哇！五花八門、應有盡有的選項，全呈現在眼前，任君挑選，只需等待若干分鐘，香氣逼人的食物就送上門了，濃郁又芳香四溢，真讓人光想像，口水就流滿地了呢！此外，「谷哥」和「雅虎奇摩」等搜尋引擎，具備了最即時的新聞報導、最優質地圖導航、最精準的搜尋系統……具有包山包海的能力，用途盈千累萬，可真是「足不出戶，能知天下事！」線上網路遊戲可以使得心情放鬆，釋放壓力，提高反應能力，雙手變得敏捷，提高打字速度和電腦知識的套用……等，所以，網路和手機對現代人來說，那真是「沒有網路和手機，我會死」！

但手機上的通訊軟體、外送軟體、搜尋引擎提供的訊息都是真的嗎？有多少人透過通訊軟體交友，那個只聞其聲、只見其字的背後「藏鏡人」，會不會只是個虛擬形象，與本人截然不同呢？外送軟體上，看來美味、分量豐富、評價極高的美食，端在手上，是不是和照片一樣令人垂涎三尺呢？搜尋引擎上提供的消息、資訊是否都是貨「真」價實？我們盡信之，若發現都是「假」的，會不會當場崩潰？所以，到底是真還是假，都須審慎思考，明辨真假！

手機使用上如果沒有拿捏好分寸，在方便之餘，過度使用也的確存在不少弊端。年齡較小的學生在家裡上網，主要的目的通常是為了玩遊戲。有些中學生經常手機玩通宵，這樣既對健康不利，也耽誤了學習，影響視力，白天上課沒有精神，學習下降……。偶然在一本書裡看到關於青少年使用時間長短的統計，平均百分之四十的學生使用時間超過二小時以上，他們平日只顧沉迷使用通訊軟體，複習時間相對減少，成績更可能因此一落千丈，因而成為「低頭族」；再加上不少人使用時的姿勢有誤，長時間下來，更會令青少年的脊椎和頸椎勞損。由此可見，青少年不正當使用3C產品須付上沉重的健康代價。一個「真實」的人，沉溺虛擬「假設」的網路世界，無法面對真實世界而與之脫節，恐怕就此迷失自我！

科技是一把「雙刃刀」，對青少年造成不同程度的利與弊，當其利弊得失無法辨識真假價值時，世代的沉淪和迷失是可怕的，絕非社會國家之幸！「水則載舟，水則覆舟。」在我們使用網路科技和獲得訊息時，當深知其利與弊、真與假，懂得分辨利弊真假，我們才能真正優游科技世界，在生活中獲得、發揮最大功效！

真假之間

吳佳蓁

真真假假，假假真真，往往就在一線之間。隨著科技發展的進步，網路上的訊息量也越來越多，但是，所有從網路上得知的訊息都是真的嗎？我們真的能夠有智慧的分辨出真的和假的嗎？

舉個例子，這是我前幾天看到的新聞：「一位老婦人在某店家拿了一把蔥沒付錢就走，店家直接報警，隨後警察到案現場將老婦人戴上手銬，事後老婦人的家人卻聲稱老婦人只是忘記付錢而已。」媒體聽聞後馬上大肆宣傳「老婦人只是不小心忘記付錢就被銬上手銬」等資訊，網路上沸沸揚揚討論著：「店家有必要那麼誇張嗎？」、「老人家忘東忘西也是難免的吧！」……店家馬上受到滿滿的負評。然而，事實卻不是這樣的，其實老婦人早已是慣犯，前幾次店家都忍氣吞聲不和她計較，但這次真的忍不下去了才報警，讓警方將婦人移送法辦。受害者被這些錯誤的網路資訊以及得知錯誤的網路資訊後，以文字批評受害的人，其影響是多深遠，又豈是我們能預料得到的呢？真實的新聞能夠督促我們檢視需要改進的地方；虛假的新聞卻能傷害無辜的人，面對網路裡的真真假假，又豈能不謹慎以對呢？

由此可知，網路上的資訊不一定是真的！不要看到很多人認為是對的訊息就開始盲目跟風，小小一個轉發的舉動，就能夠多讓一個人收到錯誤的資訊，導致不可收拾的後果。我也曾經收到過阿公阿嬤傳給我的一些新聞或是和健康有關的注意事項等，但是有一些其實都是能明顯看出來是在騙人的，特別是那種以「台大主治醫師說」、「某某醫生說」開頭的訊息，長輩們看到都會覺得醫生說的準沒錯，殊不知這些都是道聽塗說的假訊息，有時只為了騙取點閱率而已。因此我常會提醒長輩們要多加留意，別一味覺得看起來很有道理就轉發出去了，成為假訊息的傳播者。這些網路上的虛假，往往都攻擊我們的弱點，讓我們信以為真。所以我們看到的「真實」不再是眼見為真，有的只是假象包裝而已。

真的和假的有時候其實是很難分辨的，尤其現在科技如此發達，假的東西都可以包裝得跟真的一樣，我們只能靠自己的智慧來分辨真假，上天給我們人類最好的東西，就是這顆能夠思考的腦袋，請多多善用並將其發揮到最大功效，讓我們擁有智慧洞悉網路世界裡的真實與虛假。

真假之間

許維宸

大千世界，真真假假，「真實」和「虛假」之間不過一念之差。然而在這資訊爆炸的網路時代，我們又該如何分辨真假虛實呢？我想這應該是身處在科技發達之時的我們，所面臨的重要課題之一吧！

每天一早，手機一打開是不是會看到諸多新聞呢？在看到的當下，我們能分辨這則信息的真假嗎？即使標題內容令人難以置信，仍然有許多人信以為真。不只如此，有時還看到親友會轉發到各聊天室錯誤的資訊，這些假訊息就是這樣傳開來的。前陣子，我在網路上看到一則消息「吸食大麻便不必服兵役」，因為原本就不需服兵役，所以看到的當下我不以為然。不久後學校即透過無聲廣播提醒大家這是假新聞。我思考了一下，若今天不是知道法律規定禁止吸食大麻，說不定我真的會相信。在這個時代，資訊量實在是太多了，即使擁有分辨「是非」的能力，也不代表就能分辨「真假」。

近年來，相信不少人都看過「照『片』及照『騙』」這類的雙關語吧！照片本該是「真實」紀錄生活中的點點滴滴，卻變成「虛假」的「照騙」，多麼的諷刺啊！造成這樣的事情無非是科技，現在有了濾鏡及修圖軟體，任何人都能成為帥哥美女。也因為這樣，越來越多人不想與人面對面接觸，總是隔著螢幕相處，甚至忘記了最真實的自己，成了一個虛偽之人。也許很多人還未意識到這些問題，但提到「網路交友」和「網戀」，大家的腦海多少能浮現相關新聞，不論騙色還是詐財，都可能發生在我們身邊或自己身上。有時是金錢，有時甚至會賠上性命，這便是「真假之間」的問題所在。

「真實」與「虛假」和我們的生活息息相關，許多事情都需要我們分辨真假。尤其現在網路發達，在虛擬世界裡，真假的問題無所不在，真假之間的界線也越來越模糊。如何將這條線劃清，就看我們在資訊的衝擊下，能否理性分辨是非及衡量它的可信度。聰明如你我，「真假之間」又要如何分辨呢？

我們應該多一些警覺，多一點求證，不要被聳動的標題所迷惑，尤其一些似是而非的訊息，更容易讓我們不自覺的掉入陷阱。學會辨識事實，養成思考的習慣，培養數位素養，我們也可以擁有辨明真假的智慧！

真假之間

趙芷甯

隨著時代的演進，科技飛快進步，人們因為生活壓力、便利性、心理的愉悅感等種種需求去接觸網路，網際網路在生活周遭負面的影響時有所聞，然而只是隔著一塊螢幕，虛擬形象總是蒙蔽大眾的雙眼，在真假之間反覆徘徊。

「照騙」，是近幾年非常火熱的用詞，意指利用修圖軟體以及美顏濾鏡，讓照片中的主角變得非常好看，甚至與原本的樣貌差很多。網路上有許多粉絲經營數量很高的博主或網紅，螢幕裡的他們外貌看起來完美，使得一些觀眾會花下大筆的金錢「抖內」自己欣賞的對象，而很多案例都是數名的博主被路人認出真實樣貌，發現本人的長相和在網路上有如天壤之別，令大批粉絲接受不了事實。在真實與虛假之中，我們能接受的，到底是真實的一面，還是虛偽的美好？

現代的社會人們因為心理的壓力，對自己的生活感到不自信，於是就會利用網路來尋找抒發的管道和心靈的慰藉，透過各種平台去結交「網友」。在現實中不敢說出口的事，就轉而對網友說出自己的不愉快，因為互不相識，在隨心所欲把心事說出的同時，也對對方產生了信任感。在虛擬的網路世界裡，人們往往以虛擬的身份交談，雙方各不知道彼此的真實樣貌、年齡、性別、職業等，這也讓網路上許多不懷好意的人有了下手的機會，利用不是自己真實的照片進而騙財騙色，戴起真誠的假面具，玩弄彼此之間的感情，使網路的世界充滿著未知的危險。我們選擇的是能接受真實的空虛，還是虛偽的安慰？

在網路上每個人都可以做一個天使，溫柔安慰人們的心靈，亦可以做惡魔，專做害人的事，給人們帶來痛苦。在還沒有詳加查證，不可以一味盲目地去相信，在真實的容貌與虛假修圖之間要有明確的判斷力，千萬不要信以為真，整形濾鏡和誇張的修圖照片愈來愈普及，常常帶給大眾很多錯誤的想法，所以我們更應該要小心謹慎，在真假之間好好分辨，才能避免更多的傷害。

真假之間

辜郁晴

科技進步，從以前的黑金剛大哥大到小型手機，以至現在可以滑動多用途的手機。現在的手機可以用來網購和聊天，功能上更為便利，像是可以透過一些網購平台來買東西，省時方便，少了奔波。像我就會利用手機來購買小說，賣家就會幫我宅配到家附近的便利商店，只要動動自己的手指頭就能將貨物拿到手，不少人因此喜歡上網購。3C產品功用差異性真的很大，也衍生出螢幕背後「真實」與「虛假」的問題。自從有了如此方便的手機，危險性也提高了許多，像是被詐騙或充斥許多不實謠言訊息，或是個資外洩等資安問題等。

在享受科技便利時也別忘了網路上看不見的危險。記得爸爸有一次利用手機網購，原本是訂三星的手機，結果來的是不能使用很多軟體的手機。爸爸便把手機退回給賣家修理，但是退回給賣家後，便失聯了，這呈現出網路上所隱藏的虛假、欺騙。爸爸發現是詐騙後，心情很低落，因為他辛苦賺來的錢就這樣消失不見了。這就是網路世界潛藏的真真假假的問題，我們需要留心提防。所以如果要網購，必須選擇官方的網站購買，這樣才不會受騙，風險也比較小一點。我們也可以利用手機去查查該如何辨別物品是真是假，還可以去問問自己的朋友都在哪些網購平台購買，可以問問這家有什麼不好的評價或信用之類的，都可能對網購有幫助。對於網路上的虛假，要多一份提防與求證。

我覺得在網路世界裡，充斥著真真假假。在真和假之間，是很難一眼就覺察到風險。如網購的經驗，就告訴我們鍵盤螢幕後所潛藏的風險。手機的功能是非常多的，可以讓人們感到方便，也可以讓人們受到傷害，正所謂「水能載舟亦能覆舟」，這就是現代科技裡所存的問題之一。但我認為網際網路並沒有錯，而是要看人們如何使用它，能正確使用的便能對社會帶來貢獻，而使用錯誤則會為人們帶來負擔，還有人們對科技的不信任，科技的改變就是會對每個人造成不同的影響，而科技取決於人們的決定，而我們必須培養對真假的判斷力，不要被虛假的網路世界所蒙蔽，做一個真正擁有數位素養的現代人。

真假之間

姜柏筠

人類科技日復一日飛快的進步，生活方式與習慣逐漸改變。很多時候，透過網際網路我們就能做到許多事情，像是資料收集、分享影像，抑或是交友、線上購物，都可以做得到。俗話說：「遠親不如近鄰。」但在現代，就算是相隔幾百公里，甚至隔著海洋，只要透過網路，他何嘗不能成為你的「近鄰」呢？雖然科技發達能帶給我們更便捷、快速的生活，但同時也帶來了許多問題。「人心險惡」，其實我認為造成網路下黑白模糊的元兇正是「人」，方便的科技本身是好的，只是要看人們怎麼運用。

網路厲害之處在於你可以塑造一個「自己」，人們可以依照自己的喜好去創造一個「我」，除了照片、影片能合成，能P圖，資料可以偽造。一個全新的「人」是你我常在社群軟體、互聯網上遇到的。到底是他還是她、是黑是白、是善是惡，我們往往無從知曉。報章雜誌上常常有網路交友騙財騙色的案例，師長也時常囑咐我們網路交友須慎選，這讓我們瞭解到黑與白往往只是一線之隔，多走一步就有可能陷入泥沼中。我們同儕間時常在課餘時使用網路交流，但冷冰冰的文字與簡單的符號往往不能完整的傳達情感，哪怕是語音訊息、電話，也是隔著「網路」這道無形卻強大的牆啊！不夠明確的訊息傳遞可能會讓誤會發生，而如果沒有盡快解決問題的根源，則可能會讓友誼破裂，糟糕一點還可能會有人因此受到網路霸凌，產生不可彌補的傷痕。

現代人工作繁忙，每天通勤時拿出手機查看網路新聞是再正常不過的日常。但上頭又充斥了多少誇大、不實的「假新聞」呢？什麼時候耳語變成了真相，世界變成了巨大片廠？「眼前所見，亦非真實。」有多少為追逐點擊量而誇大不實的記者，多少為了博取聲量而不惜一切代價的藝人、網紅、政治人物，他們又灌輸了哪些真的、哪些假的不正確訊息給我們，我想，這個數字巨大到無法計算。所以，「媒體識讀」在這個世代顯得格外重要，當我們看到聳動的標題時，我會先思考，這是真的嗎？不要被媒體主觀的想法所誤導，不然就會中了他們的圈套。學習「獨立思考」是現在非同小可的重要議題。

時代演進快速，新興的事物越來越多，網際網路早已成為人們生活中不可或缺的一部分，而它如同一把雙面刃，有便利和創新的地方，但若使用不當也會刺傷自己。網路世界是非黑白往往只有一線之隔，把握好分寸才可以在網路世界的天空順風飛翔。

從朋友身上學到的事

從朋友身上學到的事

陳虹羽

古人云：「近朱者赤，近墨者黑。」所以爸媽常說：「千萬不要交到壞朋友了！」但我覺得交到壞朋友不一定是壞事，反而還可以從中學習，以我自身的例子來看，那是五、六年級時的一個晴朗早晨……。

當時我有一個很要好的朋友，她很可愛，頭髮長長的，眼睛大大的，簡直可比喻為美若天仙。那天早上，我們剛上完音樂課，她居然當場嗆起老師來，還用了很多不雅的字詞，使我非常訝異。這就是她給我的體悟，如今我和她已在不同學校，但她的行為使我嚴格要求自己不可以這樣做，也使我檢討自己、更了解自己。

在我身邊，有壞的朋友，當然也有好的朋友。升上國中後，我又多了一位好朋友，她的成績很好，總是考得很高分，做事也都非常專心、認真，她的每一項優點幾乎都是我所不足的，我向她學到了如何認真且專心的做好每一件事，也學到了許多讀書的技巧。她的缺點不多，唯一令我引以為戒的，就是「說話的方式及態度」，她有時說話會如一把鋒利的刀狠狠刺進我的心。像是有一次，我不會她問我的一道題目，她就說了一句：「假資優生」，令我很反感。她使我學到了說話不要太傷人，也不要太直接。

俗話說：「以古為鏡，可以知興替；以人為鏡，可以明得失。」這句話告訴我們，要以他人為借鏡，學習他所擁有的特質，避免他所沒有注意到的不足，這樣一來，我們就可以成為一個更好的人，也足以當他人的典範及楷模，使這個世界更加美好。

從朋友身上學到的事

簡君芮

每個人都是獨一無二的，他們身上都可能會具有你沒有的優點和缺點，我們應該要學習他們的優點並反思自己有沒有和他們一樣的缺點，這樣才可以讓自己更加進步。

我曾經是個粗心大意又毛毛躁躁的孩子，每當遇到我解不開的題目、做不出的美勞作品，就會瞬間失去耐心或直接放棄，一點也不想繼續嘗試。直到我國小三年級時結交到的一個好朋友，從他身上學到「慢工出細活」和「堅持到底」的精神。

他是一位做事非常有條理，就算碰到任何困難也不會輕言放棄的人。每次我們在寫數學習作時，我都會看到一堆不會算的數學題目，放在他眼前就像在吃一片蛋糕一樣。有一天我終於禁不住好奇心，問他：「你為甚麼能解開那麼多我不會的題目？你是不是比較聰明？」他笑著搖了搖頭說：「怎麼可能？我只是比你更有耐心而已。我不輕易放棄，所以縱使我有解不出的題目，我也會不停嘗試直到真的沒辦法為止！」

我恍然大悟，原來並不是我比較傻或比較笨的緣故，而是我從來就沒有認真地嘗試過，就直接生氣或失去耐心。從那之後我不再把「放棄」兩個字掛在嘴邊，我會盡己所能的破解題目，就算真的遇上了瓶頸也會嘗試不同方法或換個思路解題，除非是真的沒辦法，我才會請教我的爸媽和老師。

當然一個人有著優點的同時也會具備著其他缺點，他雖然非常細心且有條理，但是他有著一個不太好的缺點，就是他時常會在遇到跟成績有關的時候撒點小謊，隱瞞自己考不好的事實，結果有一天終於東窗事發了，因為老師在和他媽媽對話的時候發現了不對勁的地方，他受到了懲罰。我便以此為警惕提醒自己不要犯跟他一樣的錯誤。

非常感謝朋友教會了我這個道理，也許他只是一個無心的回答或舉動，卻令我受益匪淺、收穫良多。如果沒有他的話，我可能會因為這樣的個性錯失許多機會、知識等，所以我認為每個人都有許多特別的優點，就算你只有看到他的缺點，你也可以以此來警惕自己不要和他犯下一樣的錯，抑或是檢討自己有沒有跟他一樣的缺點。

從朋友身上學到的事

李甄真

子曰：「三人行，必有我師焉。擇其善者而從之，其不善者而改之。」我們可以從不同的朋友身上學到許多知識，也可以從朋友的缺點中來自我反省。

任何朋友一定都有值得人學習的優點，不論是學業還是性格。我之前是比較內向的，不太敢面對人，但最近，我變得越來越勇敢，與陌生的人說話也不會緊張，我覺得是因為我身邊的人都比較外向，所以我也漸漸地學會如何與人溝通、說話。

除了從別人的優點中學習以外，還有很多是從朋友的缺點中自我檢討，使我成長。記得，之前有一個朋友，她都以自我為中心，常常控制別人要做什麼，遇到這種朋友，我就會自我檢討，有沒有跟她做過同樣的行為？我有沒有讓別人感到不開心？如果有，那我就會改進，想辦法把這些不好的行為改掉。

朋友能讓人學習的地方很多，就算只是一件小事，也可以學習或當作自我反省的對象，例如：朋友大方的個性、一絲不苟的處事態度等等。如果常常看到朋友幫忙老師或同學，就可以把他那熱心的特質學起來；如果常常看到朋友在路上亂丟垃圾，可以反過來省視自己有沒有跟他一樣有這種壞習慣。

其實，朋友在人的一生中是扮演著很重要的角色，不論個性如何，是好還是壞，都可以使我們成長，如果沒有朋友，那人將會失去許多學習、反省的機會。所以，朋友對我們來說，是不可缺少的「老師」。

新冠肺炎教會我的事

新冠肺炎教會我的事

江凱風

「新型冠狀病毒肆虐全球，世界累積確診人數已超過千萬，更造成無數人死亡……」這是二〇二〇上半年最熱門的新聞，更是打開電視必定會聽到的話題。對此，讓我有不同的體悟，讓我學會一些事……。

「新冠肺炎」又名「武漢肺炎」，因此不少人一聽到新冠病毒，就會聯想到中國大陸。而病毒會散播至全球，最大的原因，正是因為疫情爆發之際，中國政府隱瞞疫情，造成無法收拾的後果。中國無法誠實面對，造成難以彌補的災難。因此，我認為「誠實」是生活中重要的品行。一旦不誠實，不但會讓自己遭受痛苦，更會失去別人的信任而無法立足於社會。更何況，撒了一個謊，就要撒更多的謊來圓上一個謊，讓自己陷入永無止境的惡性循環。直到謊言被戳破，信用也隨之破產。就像中國政府隱匿疫情，甚至把責任推給美國，引發世界各國相當大的反彈，也失去了國際的聲望。

反觀台灣，面對這次的疫情能夠誠實面對，該承擔的責任，絕不逃避：發現確診者即告知民眾，並積極面對處理，實施居家隔離等措施。不美化數據、隱匿疫情。最後防疫的效果是全世界有目共睹的。正如朱子《治家格言》中所提到「宜未雨而綢繆，毋臨渴而掘井。」這次政府的做法，正是最好的示範，做好

「未雨綢繆」或許並不困難，但能「誠實以對」卻非容易。這次新冠肺炎教會我的事——能夠誠實以對，正視問題所在，思考解決方法，才能真正解決問題。

病毒雖小，卻足以讓世界陷入恐慌、混亂之中，我們的世界也是如此，人類行為，個人品行雖是小事，卻也能夠讓世界有所變化。面對新冠疫情，我們可以做好準備，誠實面對問題，公開資訊讓人民能夠信賴、安心。只要能誠實面對問題，我們就能攜手解決問題，進而戰勝病毒，恢復正常生活。這是新冠肺炎教會我的事——「誠實以對」，是解決問題的上策！

新冠肺炎教會我的事

張舜程

二〇二〇年新冠病毒肆虐，讓全球陷入疫情恐慌與經濟蕭條，讓人們的生活受到很大影響。醫療體系，是面對疫情時相當重要的關鍵，而新冠肺炎強大的傳染性讓疫情嚴重的國家醫療體系不勝負荷而瀕臨癱瘓，但有些熱血的醫護人員冒著被傳染的風險，親自走在最前線，用行動表現「我不做，誰來做」的精神。

然而，有時候，醫護人員需要面對的是「優先救誰」的道德問題，對他們來說，當然不想放棄任何人，但現實無情的碾碎了他們的慈悲，幾乎飽和的設備和貧乏的醫療資源讓患者無法得到應有的幫助，所以他們也只能將資源用在「最有希望存活」的患者上，他們可能必須拔下一個人的呼吸器，就像將他死死抓住懸崖的手撥開般，令人痛心疾首，但如果是為了更多的人民，他們義不容辭。

雖然醫護人員的努力很重要，但是全球疫情不斷攀升，最大的問題還是人民的健康意識。大部分人民都有完善的健康意識，但少部分人，例如：美國的學生甚至還辦了「疫情派對」，特地邀請確診者參加；又或是美國某政治人物，即使疫情尚未平息，仍然堅持舉辦造勢。他們就像領頭鯨一樣，若是引導到錯的方向，付出代價的不只是他們自己，所造成的沈重後果，將是全民要承擔，卻又承擔不起的。

中國是飲食文化相當發達的國家，原來不能吃的東西都可能經過人的加工變得可食；原本不該在人身上的也經由飲食進入了人體。人類造成的水汙染、空氣汙染還有地球暖化，可能間接或直接的破壞野生生物的生活環境，抑或是使野生動物發生突變，而新冠肺炎據說是蝙蝠身上的病毒，試想一下，為什麼之前只存在蝙蝠身上的病毒，會傳染到人類身上？或許是巧合，又或許是人類造成的汙染使病毒突變。這也許是大自然對人類的懲罰，若是人類再不收斂，或許，會有更恐怖的後果降臨我們身上。

新冠肺炎帶來了許多不便與黑暗，但它同時也讓我們反思道德問題、健康意識和人與自然的關係，希望我們能由此汲取教訓，下次相似的事發生時，能採取最正確的行動。

新冠肺炎教會我的事

李芷瑄

二〇二〇年，有個病毒肆虐全球，這個病毒就是「新冠肺炎」。因肺炎突然爆發，所以為了防止疫情，寒假放得特別久，但爆發得太突然，令全球陷入了恐慌之中……

在疫情期間，「洗手很重要」，不管何時何地，家人或老師都會叫大家多去洗手，那洗手為何很重要呢？因為新冠肺炎的病毒會在手上殘留幾天，所以要把手洗乾淨，但一定要把手擦乾，不然好不容易把手清洗乾淨了，又會充滿許多不同的病毒與細菌，反而讓手更加的骯髒！

當台灣陷入恐慌時，「超前布署」，一定會有人站出來的，而那位安撫民心的英雄就是——衛福部陳時中部長。當大家都在搶口罩時，他提出了「口罩實名制」，讓人人都可以用一點點的錢，買到三個口罩，後來政府組成了「口罩國家隊」，為台灣人民製作口罩。當然，一定還是會有感染者，他強制讓那些疑似有和感染者接觸或從國外入境的台灣民眾實施檢疫、隔離，才沒有讓疫情更加嚴重。

新冠肺炎在提醒人們什麼呢？現在的疫情雖然沒有比以往緊張，但新冠肺炎突然的出現，是否在提醒著「地球是不是生病了？」如果再繼續破壞地球的話，會不會又爆發其他的病毒？我們應該要好好愛惜地球，不是一直去破壞它。一位老師曾說過：「在南極的冰山中，可能有著幾千年前、幾萬年前就存在的可怕病毒，如若冰山融化了，會發生什麼事呢？可能沒人想過這個問題，但一定沒有人希望發生這種事。」我覺得老師說得沒錯，沒有人希望那一天的到來，所以更要去愛護地球。

新冠病毒的爆發，不是人人都可以預測的，也沒有哪個人希望它存在在這世上，但它已經出現了，就要去面對它，相信在新冠肺炎中，學到的一定不只這三件事，不過有了這次的經驗後，在面對這種事情時，也能臨危不亂！

新冠肺炎教會我的事

李喬羽

古時候，人們大多懼怕疫病，深怕它會突然帶走自己或心愛的家人。雖然現在與日俱新的醫療技術讓人們對疫病不再恐懼，但隨著現代科技的演進，病毒似乎也進化了，彷彿不願輸給人類，一次又一次的讓大家傷透腦筋，就像這次在全球肆虐的新冠肺炎。

新冠肺炎，一種全新的病毒，不僅讓全球的經濟停滯不前，也毫不留情地帶走了數百萬無辜的生命，更影響了我們的生活。像是進入公共場所要戴口罩和量體溫、不能出國，還有很多大型活動被取消了。幸好台灣在疫情嚴峻的時候，仍然努力控制新冠肺炎的蔓延，也讓世界看見了台灣優秀的防疫能力。

不過，人類活動的減少，似乎也給了大自然一個喘息的空檔，更給了我們一個好好思考的機會，思考我們是不是對大自然太過蹂躪？是不是應該讓它好好休息？好好恢復？也許我們在開發資源的同時，本就不該忘了世界各地的動物，現在正苦不堪言，牠們因為我們過度開發，而面臨生存不易的困境，如果換作我們是那些動物，正陷於水深火熱之中，現在還會如此毫不節制的破壞生態環境嗎？

新冠肺炎雖然讓全世界陷入恐慌，但也讓我們了解到了許多平時沒有注意的事情，或許這次的疫情就是大自然的警告，警告我們在發展科技或經濟開發的同時，也要記得去關注是否影響了生態及人類永續生存的重要問題。

新冠肺炎教會我的事

劉宓

現下肆虐於全球的新冠肺炎帶來的麻煩不勝枚舉。然而，任何事都是一體兩面，它既帶來了麻煩，它也帶來了好處，更讓我對生活多了一份省思。

以防疫首要的個人衛生為例，「勤洗手」、「戴口罩」……這些話語，想必有不少人都聽到耳朵長繭了。在嚴峻的疫情之下，洗手突然成為防疫重點，舉手之勞成為每個人需要恪守的規則。

防範新冠肺炎的飛沫傳染的神兵利器——口罩，既平價又實用，雖然口罩戴久了會不舒服，但它的防疫實用性非常高。另外，在臺灣戴口罩並不是什麼會引人側目的舉動，然而，過去在歐美國家只有身染重病或歹徒才會佩戴口罩，所以人們對於配戴口罩有著天然的抗拒心理，甚至因此走上街頭遊行抗議，爭取「成為防疫漏洞」的自由。這顯然是每個國家不盡相同的文化所造成的現象。

在資本主義為主的臺灣，有一項偏向社會主義的政策——全民健保，全民健保讓每個國民擁有基本的醫療照護，但它也存在著少數人濫用醫療資源的陋習；有些人閒來無事便逛一下醫院，耗費了很多醫護人員的時間以及醫療藥品。然而這次的疫情讓人們若沒有要緊症狀，不敢前去病毒聚集的醫院，醫療資源也因此減少濫用。

蓬勃發展的經濟讓工廠一天到晚運轉個不停，然而，酸雨、霧霾及各式各樣的工業汙染，這些嚴峻的問題遲遲難以得到解決。像是有全球工廠之稱的中國，汙染排名一直名列全球前茅，不過這次的新冠肺炎讓全中國的工廠好一陣子全面停止工作，而那一陣子全球的空氣竟好了很多，清澈的情況讓衛星觀測的地球影像十分明顯，原本似乎沒什麼希望的全球暖化問題似乎也看到了一線希望，許多地方的生態得以休養生息。

「禍兮福所倚，福兮禍所伏」，武漢肺炎讓我從不同角度去思考、去看待事情，還得出截然不同的結論。雖然新冠肺炎是一場災難，但也讓人類得到反思的契機，這是疫情教會我的事。

新冠肺炎教會我的事

陳虹米

這次新冠肺炎教會我很多很多的事，很多我們以前視為理所當然的人、事都有一種下一秒就消失的感覺，這種感覺使我更珍惜身邊的事物，更讓我明白身邊的人有多麼珍貴。

這些是對我的影響，也是大部分人應該有的，還有因為這次疫情使很多家庭破碎，也帶給了我們很多恐懼，總是會偷偷的想：「會不會下一個染病的是自己？或者是身邊的親人呢？」每一次只要去公共場合時總是會想到這些事，所以每次出門都有種膽顫心驚的感覺呢！這也讓我知道了戴口罩的重要性，讓我知道了戴口罩的正確使用方法，還有知道了口罩各種形式的用途與作用不同，以及口罩依據不同樣式購買的地方也有所不同。

這次疫情也讓我們知道有任何病痛的時候，會看到盡心盡力幫助我們的醫護人員是多麼辛苦！他們要和這些病患們近距離接觸，每天都在恐懼中度過，如果是在疫情嚴重的地方呢？每天忙得半死，還要時時刻刻活在恐懼中，他們真的很辛苦！所以，對於醫護人員，我們應該要加倍感謝與尊重，還要好好珍惜使用台灣完善的醫療資源。

經過這次疫情我真的覺得臺灣好安全！因為許多國家都十分讚賞我們在此次疫情中的防疫成效，這都得感謝我們有很強大又完備的衛福部團隊，還有全民健保的普及和醫療人員的付出，更有國家口罩隊努力不懈的生產口罩，當然還要有齊心對抗病毒的國民，這些完美的組合，讓我學習學到團結一心的重要。

新冠肺炎教會我的事

龔芃心

二〇二〇年疫情肆虐，籠罩全球，也衝擊了每個人的生活，每個國家、每個人都戰戰兢兢的，希望自己不被病毒風暴所襲捲。但是在這場一波未平一波又起的疫情中，漸漸地我也學到了許多事。

疫情剛來到台灣時，正好可以和我們一起放寒假，全台灣為了他多放了兩個禮拜。兩個禮拜內，一間又一間的店快速的倒閉，我心中百感焦急，深怕疫情不只影響生意，也影響人與人之間的關係，擔心再也不會開學了。從來沒有經歷過疫情的我，就像一隻正被獵豹追著跑的羚羊，驚慌失措，急急忙忙的想方法來保護自己。但是經過這一次我得到了許多經驗，不單單只在疫情時運用這些經驗，平時，我也想做到這些疫情所教我的事。

在疫情的當中我看見一個國家的團結很重要，政府絞盡腦汁就是為了提出對國家有幫助的政策，但是每一個人民也都要統一配合國家所發布的政策，才能免於疫情的波及。再來是人際關係，初次與疫情會面的我，單純的以為人群會消散，關係會漸遠，但人們發自內心的憐憫和同情，竟讓這些病毒顯得不堪一擊，而且還在患難中顯得更堅定，愈來愈多人學習在艱難中不求回報的付出。武漢市有一名年輕的女子每天為醫院做好幾百份的午餐，還有一對母女到處發送酒精，我想這位媽媽為女兒做了很好的示範，也有一位男士在各地發放免費的口罩。其實這些人，他們大可以每天冷漠的看著新聞播報疫情每況愈下，但是他們選擇為這個世界盡一份心力，選擇用自己有限的時間幫助那些連名字都不知道的人，也許這麼做對他們來說是一件美好的事情吧！

這些濃厚的情感在最黑暗的時刻，一點一滴的流露出來，點亮了整個世界，甚至維持了地球的運轉。其實每個人都該保有為世界奉獻的心，成為讓世界更溫暖的人。不是個人，不是國家，而是全世界都該團結一心，為世上所有的美好而站立。

新冠肺炎教會我的事

蕭昀軒

新冠肺炎，又名COVID-19，是最厲害、最有效率的老師，散佈這個全球的病毒，改變了大家生活的常態與思維。到醫院、診所搶口罩的畫面，展現出人性自私心態表露無遺。如果人類不能從這次的疫情學到教訓，就錯失一次自我反省的機會。

二〇二〇年的一月多，我剛從國外回來，打開手機，發現朋友們都在瘋傳：「要記得戴口罩，要記得洗手！」當時我很疑惑，為甚麼大家要這麼緊張？到了入境檢查，我才知道原來台灣也爆發了這個病毒，我也開始瘋傳訊息。

這是一次嚴重的疫情，這場病毒讓我心中產生了許多問號，「我們身為人不應該反思嗎？」「如果疫情無法控制的話，人類未來該怎麼辦？」「當初如果不貪吃野味，不就不會發生這種事？」不要過分陶醉於我們對自然的勝利，對於每一次這樣的勝利，自然界都報復了我們。我們絕對不能小看這個病毒，它甚至比以前的SARS還要厲害！

我們平時也要注意，特別是我們學生，平時要帶上口罩，因為如果反覆脫下戴上口罩的話，病毒可能會附著在口罩上，我們也一定要正確地佩戴口罩，戴口罩時不要用手去碰口罩的內部，直接雙手拿口罩，兩側戴在耳朵上就可以了。

雖然我是不太喜歡戴口罩，但是為了確保安全，我出門一定會戴口罩。我們一定要注意，經常將屋內通風換氣；教室一定要開窗戶、開氣窗，使室內的空氣流動、更加清新，才不會有病毒傳染。今年的春天，雖然有了新型冠狀病毒，各個公共場所沒有以往這麼熱鬧。最重要的是：「會擊垮我們的是人性，不是病毒！」大家要同心協力，戰勝疫情！讓患上病毒的人們早早地解脫病毒的痛苦。我相信台灣一定能克服這場病毒，跟抵抗SARS一樣！

戰爭與和平

戰爭與和平

張紜嘉

戰爭是個讓人懼怕的存在，和平是眾人夢寐以求的事。國家的統治者為了利益與權力而發動戰爭，或許目的達成了，卻造成無數傷亡。這次的俄、烏戰爭，造成數千官兵、百姓傷亡，或者失去家人，又或者家園被毀。如同克勞塞維茨所說：「戰爭不僅是一種政治行為，而且是一種真正的政治工具，是政治交往的繼續，是政治交往通過另一種手段的實現。」對於統治者而言，在利益面前，人命不值得一提。

防空警報大作，砲火轟鳴，硝煙瀰漫，鮮血染紅了大地，人民四處逃竄，在防空洞裡對未來感到迷惘，許多孩子因為戰爭失去了家園，成為無依無靠的難民，這就是戰爭。烽火連天，人民被俘，最後慘遭殺害的事不勝枚舉。房屋被炸毀，碎片四散，平民橫屍遍野，怵目驚心，樹木被戰火波及，像沒了頭髮般光禿禿的，且早已變得焦黑，好幾輛坦克被摧毀，停在那殘破不堪的街道上，隨處可見平民遺體，雙手還有被砲火燻黑的痕跡，有些還已陳屍了好幾天，這便是烏克蘭的慘況。

「和平」應該是所有人都夢寐以求的事吧？這個詞對於生活在地球上千百萬年的生命來說，是一種奢望，是一種渴求。我渴望和平，渴望一個沒有流血與眼淚的世界，渴望一個安詳、溫馨的世界。在我渴望的世界裡，不再有核武器的魔影，不再有巨額的軍費，不再有貧富的差距；有的是涓涓清澈的小河流、鬱鬱蔥蔥的芳草地；白鴿在湛藍的天空中自由飛翔，駿馬在遼闊的原野盡情狂奔，不受拘束；人民能不為斷垣殘牆的家園而煩惱，不因烽火連天而迷惘，能健康、快樂的生活。

和平是可望不可求的，雖然戰爭人人都避之唯恐不及，但卻無法避免。羅斯福總統說：「相對於戰爭結束來說，我們更希望所有的戰爭本就沒有爆發。」或許我們沒辦法改變領導者的決定，無法避免戰爭，但我們可以過好每一天，珍惜當下，那麼每一天都是和平日。

戰爭與和平

吳佳蓁

如果這個世界能夠一直保持和平那該有多好！人們總是說著希望世界和平之類的心願，可當面對眼前的利益及權勢時，卻又無法抵擋誘惑，為了爭取最多最大的好處而發動戰爭。

一場戰爭中，受到最多傷害且最無辜的就是平民百姓了，原本可以過著幸福快樂的日子，卻因為統治者的權利欲望而毀掉家園，甚至是被奪走性命，想問問蒼天：為什麼就為了滿足少數人的野心而連活下去的資格都沒有？我覺得戰爭就是一件非常殘酷的事，看到那些在一夕之間失去所有，未來一片黯淡的人們，我就覺得：引發戰爭的統治者們真的思考過戰爭是唯一的解決途徑嗎？百姓的命難道就是賤如草芥嗎？要是這世界上的每個人都能多為對方想一點、多用溝通來解決問題的話，那不是很好嗎？不過我知道，這是一個非常天真的想法，能這樣的話，歷史上就不會有那麼多造成死傷慘重的戰爭了。

我希望現代越來越發達的高科技和越來越開明的思想，帶來的是世界的繁榮，而不是得到更大權力的欲望。戰爭帶來的傷害真的是無法估量的，能夠避免發生就盡量避免，就算是打贏的那一方也需要花很多時間和金錢來修補家園的損壞和人民的損失；打輸的那一方就更慘了，可能會因此失去一切，甚至連個容身之處都沒有，未來也不知道該做什麼、該去哪裡了。

和平需要理性的思維，設身處地的同理。「和平」，是需要所有人一起努力才有可能達成的！期盼我們都能理性思考，設身處地，追求「共好」，而不是為了「一己之私」；期盼我們都能共同為這個世界盡一份心力！

戰爭與和平

黎宸希

戰爭從歷史開始記錄的那一刻起就再也沒有停歇過，人類在歷史中學到的教訓就是無法在歷史中學到教訓，戰爭仍然在世界的某處發生，所謂的和平不復存在，留下的，只有傷痛與悲歌。

在現代，戰爭變得更具真實感，烽火連城的畫面透過先進的科技深植在我們腦海中，原本對於戰爭的印象只停留在課本中的黑白照，可是到了今天，它似乎只與我們隔一步距離。那些犧牲者的死狀，那些士兵捨身戰鬥的身姿，那些人民哀苦的模樣，正被鏡頭完整的呈現，觀看著事情發生的我們，到底能幫上什麼？事實就是我們無力改變事實，否則歷史重演了無數次的劇情為何又再上演一輪？沒有人希望戰爭，但和平的決定權永遠不在受害者身上，領導者揚著勝利旗幟的背後，是死去亡魂的哭聲。

其實和平的定義很簡單，但落實真正的和平，很難。一直以來，人類都在倡導和平，因為不希望看到有人因戰火而飽受痛苦，也不希望受害的就是自己，但戰爭高喊的口號與精神敵不過和平的理性，利益與安詳沒有被放在天秤上的必要，迷茫的人們為了什麼而戰？何不為了和平停止殺戮？到最後，不論戰爭還是和平，終究只會成為一場空。

戰爭與和平對人類來說是條矛盾的路，為了維護自身利益而創造了戰爭，為了不讓戰爭毀掉一切提倡了和平，退後一步並不會海闊天空，那些不滿與怨念不會消失，世界永不會和平，每個人的結局卻一樣公平，那為什麼我們不選擇和平順遂的那條路呢？

戰爭與和平

姚詩雪

和平，如人類文明進步的催化劑，讓更多光明照進智慧的殿堂；和平，像觸動人心的音樂盒，傳播善良的音符，使世界洋溢在自由的旋律中；和平，像一座昂然屹立的燈塔，照亮每個黑暗的角落，指引幸福的方向，走出顫抖與悲傷。一旦，戰爭爆發，只有無止盡的災害不斷蔓延，吞噬掉人們的未來和希望，在無情的戰火下，愛與和平都成了奢望。

綜觀歷史上朝代政權的更迭，往往都是靠著發動戰爭推翻舊的政權，但那新政權背後，犧牲的是無數平民百姓，是用一滴滴的鮮血累積而成，「以古為鏡，可以知興替」，但極少數貪婪的人類為了私欲、為了利益，竟無止盡的發動戰爭，學不到歷史的教訓。然而，和平的鐘聲，始終在人們的心中迴盪，正如在第一次世界大戰時，發生一件「聖誕節休戰」的感人片段，當時戰爭正打得如火如荼的時候，正值聖誕節到來，各地開始出現休戰的聲音，當時的教宗呼籲各國停戰，但遭到交戰國的拒絕。雖然沒有正式休戰，數十萬德、英軍人，在平安夜當晚，自發性的停止了戰事，進而唱起聖誕頌歌曲，還相互交換食物和酒。隔天，他們更踢了一場足球賽，最終德國以一分之差擊敗英國，此時這些士兵都成了異地他鄉的好友，展現人性最光輝的一面，但，令人唏噓的是，一個禮拜後，這些士兵不得不拿起槍，再次面對戰壕彼方的好友。這世上，根本不會有人希望發生戰爭，和平是每個人最終的期望。

要終止這種無意義的戰爭，最重要的是每個人都要秉持著愛與和平的心念，在心中埋下善良、愛與和平的種子，時時關注它、照顧它，讓它開花結果。若世界上充滿暴戾之氣，就算是一時停戰，也無法真正化干戈為玉帛、獲得長久和平。我們總覺得，戰爭離我們很遠，但是除了實際戰爭下槍砲彈藥所造成的可怕破壞，那逐漸侵蝕、摧毀人心的可怕毀壞，正在你我生活中不斷上演。現代科技日新月異，戰爭的戰場也延燒到網路世界上，現在網路世界充滿各式酸民、網軍，這些攻擊、謾罵別人的行為，何嘗不是一種暴力、一種戰爭。

有天，我一如往常的在網路上漫遊，一點開好友的頁面，突然發現負面的攻擊言論占據了版面，可憐的他形同一座孤島，默默忍受所有責罵。這些同學似乎誤會了什麼，護友心切的我，義憤填膺的想以更激烈的方式回應，但在按下鍵盤的那一刻，我深吸了一口氣，所謂「初念淺，轉念深」，若貿然加入，豈不是火上加油，引發更大紛爭嗎？我先冷靜的私訊了幾位同學，釐清真相及誤會後，便列出幾點說明，請大家諒解並保持理性的發言，戰火方漸漸停歇，同學間也和好如初。

或許，在面對戰爭時，只要每個人心中有良善和包容，向對方遞出橄欖枝，便能化險為夷，讓和平的白鴿，飛到世界的每一個角落，散播愛與和平，讓文明更加進步；散播善良，讓世界充滿美好；散播溫暖，讓人們不再生活於恐懼與孤獨之中，以和平之美，使每個人都能讓生命發光發熱，揮灑自己的色彩。

戰爭與和平

蔡皓翔

人類的歷史，由一次又一次的戰爭組成，沒有人會希望這樣的事再次發生。一場戰爭，能使數以萬計的人死亡，能使大量的家庭破碎，還會讓那些在戰火中倖存的人心中，留下無法癒合的傷口。人類渴望和平，但仍然躲不過戰爭。

沒有人會希望戰爭發生在自己的生活周遭，沒有人會想過著這種隨時都會被砲彈打死的生活。我慶幸自己的生活沒有因戰爭而起太大的變化，我對於遠方的戰爭感到無能為力，我甚至不想去看關於那件事的新聞，就算知道了戰況，也沒有辦法做出有意義的事，甚感無奈。

如果戰爭發生在我們周遭呢？我們的生活會有什麼變化呢？有時候我會這樣問自己，而我的大腦總是說：「能逃多遠就逃多遠，如果逃不了也要找地方躲，不能什麼都不做。」僅憑想像，恐懼不安已充斥整個靈魂了。有時候，我會做關於戰爭的夢：一大群士兵倒下，剩下的人也幾乎都受重傷，到處都是火光，戰機從高空呼嘯而過，遠方有爆炸聲傳來……。從第一次做那種夢魘之後，我更加確定戰爭是非常殘酷的一件事。

大部分的糾紛可以用和平的方式解決，而有些不行，像是爭奪領土、資源之類的事，之後就很可能發起戰爭，換句話說，戰爭通常是因人的野心而引起的。保持和平一陣子是可以做到的，但永遠保持和平是不可能的，因為人的野心與慾望是無窮無盡的，所以戰爭是不可能避免的。

戰爭與和平，兩個相反的詞語，人類渴望和平，戰爭依然來臨，然而，總有一天會停戰，戰爭結束後，和平自然會到來。戰爭與和平不斷循環，形成了歷史，人類似乎逃脫不了歷史的洪流，但至少不要忘記那斑斑血淚的戰爭史，提醒著領導人別再愚蠢地重蹈覆轍，人們是渴望和平的。

戰爭與和平

雷馥寧

二〇二二年二月二十四日，一則新聞震驚了全球，俄羅斯總統普丁宣布對烏克蘭展開軍事行動，各種現代化武器造成了兩國死傷慘重的情況，而這一切的一切只因為「利益」。

「利益」這個詞看似簡單，其中卻包含了人的慾望，簡單來說凡是能滿足自身慾望的事物都稱為利益。自古以來發生過許多大大小小的戰爭，幾乎都是為了利益而戰，就連在這個科技發達的時代，人們也無法阻止戰爭的發生。前幾天在看新聞，看到俄羅斯轟炸烏克蘭的片段，那是我第一次那麼真實的感受到戰爭的可怕，我們在歡聲笑語中，而有些人卻流離失所，戰爭帶來的災害遠遠超過人類的想像，但即使人們都懂得其中的危害，卻一次又一次的促使戰爭的爆發。

羅福斯說過：「相對於戰爭來說，我們更希望所有的戰爭本來就沒有爆發。」在看到一個國家因勝利而慶祝時，我看到另一個國家受到屈辱的淚水；在讚嘆俄羅斯武器精良的時候，我無法忘卻烏克蘭人民臉上的無奈以及絕望。戰爭在時間的流逝中不斷重演，也許知道避免戰爭發生微乎其微，然而我還是希望，有一天，世界永無戰爭，全世界的人們可以微笑握手。

在一場戰爭展開序幕時，不論哪一方比較強大，哪一方脆弱不堪，不可否認的，是無數個人民無辜的鮮血，無數個士兵的生命才造就了和平。要記得戰爭帶來的只有死亡、仇恨，我衷心期許和平的到來，世界一片喜樂與祥和。

戰爭與和平

謝承鈞

戰爭與和平，是兩個截然不同的詞語卻又有著非常緊密的關聯。生活在和平中的我們，是無法輕易想像出戰爭對那些人們所造成的傷害和身處於戰爭的他們是多麼渴望和平。

古今中外，人類的大小紛爭不斷，小至兩人之間的意見分歧，大至國與國之間發生的戰爭，自古至今不斷發生。從古代的黃帝和蚩尤之戰到現在的烏、俄戰爭，人們不斷見到戰爭的殘酷和人性的黑暗面，而當時最能表現出民眾的想法的就是詩人寫的詩了，例如杜甫的〈春望〉，當時的杜甫也和其他人一樣遭受到戰火的波及，所以才寫下〈春望〉這首詩，寫下當時戰爭的慘烈和生活的艱苦，而那場戰爭的源頭則是安祿山爭奪統治權所導致。

在我看來，一場戰爭自始至終都和兩個字有關——利益，領導者常常為為了利益而發動戰爭，而兩國之間又因利益而拚得你死我活。但無辜的百姓呢？我雖然無法深切體會到戰爭對他們帶來的傷害，但我看得出來，戰爭中最大的受害者就是他們了，他們因戰火而逼不得已離開家鄉、四處逃亡。戰爭就像一顆石頭，丟入他們原本平靜的生活中，掀起了巨大的波濤，摧毀他們的家人和人生，在他們心中留下一條永久的傷疤。在上天眼裡，人們這種互相傷害的行為一定是愚蠢至極的！

和平是大部分世人心中所期望的，要達成和平的目標就必須所有的人放下偏見和執著，發揮人性良善的光明面，以「愛」為出發點尋求衝突的平衡，消弭世界上的戰亂。古奧運會就是為了祭祀與民眾渴望停戰而生，而且舉辦的期間一律停止戰爭。不但是一場運動員之間的較量，同時也是和平的一個象徵。

戰爭是殘酷的，人類已經因它付出了許多的慘痛代價，不管時代的巨輪如何轉動，人們祈求和平的心是一樣迫切的，雖然近日國際間有些紛擾，但我相信在大家的關注和協助下，和平就在不遠的那頭。

戰爭與和平

劉宓

戰爭，血流成河、橫屍遍野，無數的生命哀嚎消逝；和平，陽光燦爛、笑聲滿盈，在平安生活中的人聲鼎沸。戰爭與和平宛如地獄與天堂，兩個徹底相反的詞彙，交織成了歷史的扉頁，不斷地重複上演：從西元一九一四年開啟第一次世界大戰的導火線塞拉耶佛事件至德軍求和結束；到一九三七年致使第二次世界大戰爆發的波蘭戰役和作結的小男孩原子彈的落下；直至如今正在發生的烏、俄戰爭——都在史官的筆下書寫成行行文字。

學校的教育中，歷史，其中一部份，也就是戰爭的講述是必然的；在國中的第二年，課本中提及了二次大戰，同時，它也是距離現今最近的世界大戰。分為亞洲和歐洲兩個主要戰線的戰爭死傷無數，人命彷彿數字，數也數不清地一直出現：德國對猶太人慘無人道的殺戮、日本在中國所引發的南京大屠殺、被佔領地之百姓與戰俘的苦困……人民的悲劇被高聲歌唱著，流離失所、無家可歸，淪陷在殷紅中已成常態。這是戰爭的殘酷，但它總有結束的一天——縱使它在人們心中所烙下的印象不會消失，往後的悲痛將會無窮盡。而在烽火燃盡、硝煙吹熄的那一刻，便是白鴿展翅高飛的剎那，亦是和平到來的宣告。

和平的「到來」並非一切，「維持」更需要人們付出努力。在二次大戰終結的一九四五年，十月二十四日，在美國舊金山，聯合國被成立了。透過這個國際組織，不同國家之間有了溝通的平台——關於國際法、貿易合作、人權、公民自由、民主等，而最主要的目的，正是「持久的和平」。為了達到這些目標，聯合國大會、國際法院、聯合國安全理事會、許多機構相繼出現。然而，聯合國的出現並非代表永無戰爭——美國和蘇聯兩個在聯合國頗具權力的國家冷戰時期、安全理事會中針對某項方案具有否決權的國家提出了反對、國際法院所判定的戰爭罪……，不過，雖說不是永久性的和平，此時能盡其所能，或許都能夠為未來多一日的平靜有分貢獻吧！

人類立於戰爭之上，走向和平。經歷戰爭，人們可能記取教訓，思考讓將來能夠和平的方法；正是戰爭的殘酷，才凸顯了和平的可貴。看著史書上血淚斑斑史跡，那些悲傷不是寥寥數字可以詮釋的，當前發生的事情，也正一一被記錄著：烏俄戰爭的爆發、歐美國家的應對、世界的迴響，這些種種有時不堪回首與直視；然而，我們依舊會去望向那些往事或者關注現在所發生之事——只有瞭解了戰爭需要犧牲的慘痛代價，或許，人們才能夠更加珍惜現在的和平吧？

戰爭與和平

王湘芸

戰爭，是讓人聞風喪膽的東西，可人類的歷史卻永遠離不開戰爭。世界上大大小小的戰爭就從未停止過，戰爭雖然促使了重工業的進步，但也使人們的對立越來越嚴重。

實際上，戰爭發生的原因大同小異，例如：利益、宗教理念不合……，其中，為了利益而發動的戰爭佔了大多數，例如：鴉片戰爭、太平洋戰爭……，有部分的國家是為了生存，但大部分仍是因為野心。因宗教而爆發的戰爭也不勝枚舉，例如：十字軍東征、法國宗教戰爭、三十年戰爭……，宗教本應安定人心，卻有部分宗教難以忍受異教，導致信徒之間的戰爭，實在是本末倒置。俗話說：「歷史是由勝利者書寫的。」一片面的資訊是無法代表事情的全貌，像是最近發生的烏俄戰爭，在俄羅斯眼中，他們是在幫助在烏克蘭的俄羅斯人，但在烏克蘭眼中，這是一種侵略，媒體報導在俄羅斯的反戰遊行，可是在烏克蘭就沒有支持俄羅斯的民眾嗎？我們無法否認俄羅斯的行為是不正當的，但我們也無法肯定俄羅斯人在烏克蘭沒有受到壓迫。

歷史的事實有時不僅不會被澄清，有些甚至被拿來當作政治宣傳的工具，例如：日本曾在中日戰爭中做出許多不人道的行為，如今中國人對日本的仇恨越來越深，輕輕一個舉動便可掀起歷史的傷疤，戰爭無法解決仇恨，反而會為新的仇恨埋下種子。在一戰時的一個平安夜，一位德國士兵走出戰壕向英國士兵遞酒，希望能在平安夜停戰，一起過個聖誕節，英國士兵欣然接受，他們一起歌舞還一起踢了一場足球賽，彷彿忘卻了所有的仇恨，但在幾天後，他們還是不得不向曾經一起歡笑的兄弟舉起武器。在戰爭中，第一個受傷的永遠是平民，但他們之間真的有這麼大的仇恨嗎？說到底，他們也只不過是受到上級命令而舉起武器的陌生人罷了。

黑格爾曾說過：「人類從歷史上學到的唯一教訓就是人類不會從歷史上學到任何教訓。」同樣的理由，同樣的作法，同樣的戰爭已經發生過太多次了，戰爭或許對一個國家的發展有益，但對全人類的發展呢？它只會在舊有的仇恨上加上更多的仇恨而已，或許戰爭是人類文明必要的一環，但我們何嘗不用多一點包容，甚至讓它變成一種良性競爭呢？

戰爭與和平

黃詠倢

上天賦予的生命，就是要為人類的繁榮和平與幸福而奉獻。人們為了爭奪榮華富貴，不惜利用戰鬥機、坦克和大砲來「重溫」歷史慘痛教訓，真是無可救藥。戰爭是一台台沒血沒淚的果汁機，絞毀了不知多少人寶貴的生命和財產……。這個世界從來不是風平浪靜的，無時無刻都會有戰爭發生。我們能夠感到安樂富裕，是因為我們生長在一個和平、富庶、安樂的國家；我們之所以覺得生活無憂無慮，其實是很多勞苦功高的士兵，撐起了國家的第一陣線。很多默默無名英雄的奮鬥，使我們締造「台灣奇蹟」。

戰爭是殘忍的，讓人面對現實；戰爭是莊嚴的，讓我們知道民主自由的可貴；戰爭更是無情的，有多少士兵失去了生命，多少老百姓失去了家園，淪落天涯啊？縱觀歷史風雲，戰爭給雙方都帶來了巨大損害。「戰爭造成和平，和平造成戰爭。」所謂和平，不過是兩次戰爭之間的時日，「和平」這優美的詞藻是眾多人的心之所向，但和平不單單只是一個理想、一個夢，它是眾人的願望，可是相對的，戰爭中槍砲是殺人的兇器，槍法是殺人的伎倆，戰爭就是對生命的踐踏，無論用多麼美麗的詞語來修飾，也逃不過這個冷酷的現實。「砰！」第一聲槍響打破了清晨初曉的美麗，打破了生活的安靜，打碎兒童心中美好的夢想……。

二〇二二年二月二十四日清晨，俄羅斯總統普丁，宣告以「去軍事化」及「去納粹化」為名對烏克蘭採取「特別軍事行動」。幾分鐘後，飛彈空襲了整個烏克蘭，包括烏克蘭首都基輔在內的多座城市及其防衛設施，不久之後俄軍地面部隊從四面八方大規模的侵略烏克蘭，立志要將烏克蘭的領土摧毀到片甲不留！「養兵千日，用在一時。」烏克蘭的士兵也不容小覷，為了國家，戰場上的士兵總是前仆後繼的衝向戰場的第一線，捍衛著屬於自己的家園，在戰火連天的日子中，具備著烏克蘭國籍的民眾紛紛從四面八方湧入，為這一場國家存亡的戰爭貢獻一己之力。烏軍英勇的衝鋒陷陣與俄軍正面對決、龍血玄黃的畫面，真是讓人觸目驚心啊！儘管只有隔著螢幕，但卻能感受到龍戰魚駭的烏俄戰爭之血腥、殘忍和恐怖！

當第一槍打響的時候，和平就沒有了，人們的苦難就開始了。我是熱愛和平，不喜歡戰爭的。每當提起「戰爭」這個可怕的字眼，我的腦海中就會若隱若現的浮現出炮火噴飛炮火、血流淹沒血流的景象。每一次戰爭，都要奪去幾萬甚至幾十萬、幾百萬的生命，屍橫遍野、慘不忍睹呀！但是，我們不能再畏懼戰爭了，讓和平伴著我們，一同用希望和捍衛和平的毅力砍毀戰爭夢魘吧！「和平」是多麼美麗的詞語，現在烏克蘭，戰爭不斷，但身處在水深火熱的烏克蘭居民啊，別怕！和平之神終將眷顧、賜予人類和平的力量和希望。和平，我們所嚮往的白鴿啊！快快用你雪白的羽翼，驅趕人類烏黑的心靈吧！和平的鐘聲，終將撫慰因戰爭帶來的痛楚於萬一……

校園最美的角落

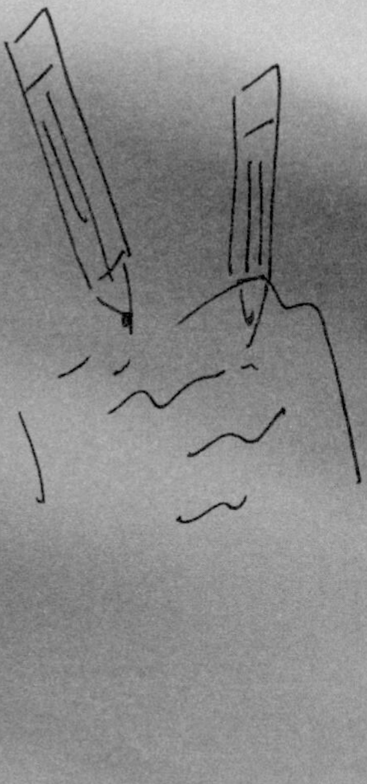

校園最美的角落

郭珈瑄

我認為內中最美麗的角落，是位在南大門獎盃區旁的花圃。七年級時的教室雖然是靠近北大門的那棟，但因為哥哥的教室靠近南大門，所以我們上學大多是走南大門。每天早上從大門走到教室的路上都會經過花圃，這座美麗花圃每天帶給我的感覺都不太一樣。在晴朗無雲的時候，花圃就像充滿朝氣的少女，站在那兒迎接我；在雨天的時候，花圃就像一位剛失戀的少女，蹲在一旁啜泣，所以我的每一天都從不同的花圃面貌開場。

現在八年級的教室位在游藝樓，所以早上到教室的路線不會經過花圃，但我還是會和同學刻意散步時經過那美麗的花圃，雖然去的次數不多，但只要去的時候，就會像和久違不見的老友會面般，非常開心。

花圃美在哪裡呢？我認為花圃的光線很好，太陽照射進去時，每一片葉子都亮亮的，而且，還可以看到五顏六色的蝴蝶在花兒旁翩翩起舞，頓時形成一幅美麗的風景，讓人目不暇給，但花圃最美的時候，是什麼時候呢？是剛下過雨，太陽出來，雨過天青的時候，因為有雨滴的加持，讓葉子被照得更閃閃發亮、花兒嫵媚動人，我覺得這時的花圃是最美的。

我認為校園最美的角落是花圃，那麼，你認為校園最美麗的角落是哪裡呢？

校園最美的角落

張舒涵

來到內中已經一年多了，從一開始連學務處都尋找不到的小毛頭蛻變成了逐漸成熟的八年級。校園中最美不勝收的角落固然無所不在，但是我認為最美的角落在「教室」才對！

「今天有考試嗎？我沒背！」、「〇〇〇，她要打我！快保護我！」、「妳知道嗎？昨天……」。從一早踏進教室，就會聽見此起彼落，來自四面八方呼喚著我的聲音，使我一早就可以洋溢著好心情。「一日之計在於晨」，我想，就是運用於此時吧！

最近和班上某位女生也特別熱絡，原本，我和她一點交集都沒有，近似陌生的地步，但從那次聊天開始，我和她卻變得無話不談，話匣子關不起來。「欸！妳很懂喔！」她欣喜若狂地說。我永遠記得，「入坑」這個詞是拉近我和她距離的最大功臣。在韓國流行音樂這話題，我們非常地契合，我也好似遇見了知音一般，從那之後，天南地北地聊天、一同打羽球、甚至收到她的禮物，我又遇見了一位志同道合的朋友。倘若從七年級到現在都沒有和她更進一步認識，我現在的瑣碎日常必定枯燥乏味或味如嚼蠟。

雖然校園裡那些靜靜的角落也很優美，兩者勢均力敵，但總覺得每天與同學笑鬧學習的教室更勝一籌。我喜歡在不想上社團課時，他們對我說的那聲「加油」；我喜歡他們一票人充滿著燦笑和我談天的神情；我還喜歡在我需要幫忙時，他們義無反顧且熱心幫助的模樣。如果不是他們，我覺得我不會每天都那麼快樂，反而會像國小那樣鬱鬱寡歡的。我也很慶幸是由他們來添加我生活中的色彩，因此，在我心目中校園最美的角落非「教室」莫屬！

校園最美的角落

沈宥萩

校園中有許多美，每當你用心去感受，就會發現美無所不在，不管是熱鬧的操場，陰涼的樹蔭下，或是任何一個平凡的角落，或許會發現許多的美。

我覺得校園裡最美的地方是「圖書館」。圖書館裡環境清幽，氛圍安靜，周圍還有豐富的藏書圍繞著，充滿著書香氣息，是一個可以讓人好好靜下心來、放鬆的好地方，適合像我一樣喜歡獨處的人。

圖書館裡的許多藏書可以借閱，可以坐在木椅上靜靜閱讀，也可以帶著書坐在窗邊的高腳椅上，一邊讀書，一邊欣賞著窗外的美景，享受著午後陽光的輕撫，聆聽著鳥兒合唱的交響曲，不禁讓人心曠神怡。

每當下課時間，校園就會開始沸騰起來，這時，我通常會帶著我的書籍，到圖書館放鬆去。每當一踏進圖書館的大門，外面的吵鬧彷彿就被隔絕開來，連憂慮都一掃而空，呼吸也變得順暢，渾身輕飄飄的沒有一絲壓力，讓人可以享受這短暫的悠閑時光。

校園裡有許多美等著我們去發現，只要用心去體會，就會知道校園中的「美」無所不在，其中最美的角落就是「圖書館」！

校園最美的角落

計采昀

曾經走遍這整個校園，從北門到南門；從地下室到四樓；從圖書館到操場……校園中固然有許多鳥語花香、詩情畫意之處，但我最喜歡的角落是載滿回憶，也是我待最久的地方——「教室」。

教室在很多人眼中只是個平凡無奇的地方，感受不出它的美，只覺得是用來上課、考試和讀書的空間而已。但學生的生涯中，最重要的不就是學習嗎？學習佔了大部分的時間，教室也是我們待最久的地方，既然要長時間活動於此，為何不嘗試發掘、感受這裡的美好？整間教室都是由同學們營造的，地板、櫃子、窗戶……都是大家用勞動換來的乾淨；後方的教室佈置也是同學嘔心瀝血之作；一面面的錦旗象徵的更是全班一起努力的甜美果實。在這樣一個充滿回憶的地方，戶外的花木在我眼中也就遜色了不少。

教室是我最熟悉的地方，有最熟悉的人、最熟悉的風景、最熟悉的空間，這是我在校園內最有安全感的一隅。因為平時下課不喜歡出去追趕跑跳碰，所以常常坐在位子上做自己的事，或觀察同學間的互動，想對這個班再多了解一些，也因為適應改變的速度很慢，所以更加珍惜每一個熟悉的地方。

曾經走遍整個校園，但我最喜歡的一隅還是那載滿回憶又最熟悉的地方——教室。「生活中從不缺少美，而是缺少發現美的眼睛。」教室這樣平凡的地方，在我眼中卻更勝那些花木美景。美，不止局限於肉眼所見的風景，更多的是感情，所謂相由心生，只要你心中有美，一花一世界，任何地方都能成為最美的角落。

校園最美的角落

吳佳蓁

我心中最美的校園角落就是座落在教室三樓辦公室前那個圓形的小場地。在這個小的園地，可以俯瞰樓下人群行走時的萬象，也可以仰望遠方的天光雲影。宜動宜靜的氛圍，是我無聊時最喜歡拉著好朋友一起去的地方呢！

習習涼風輕輕拂過我的臉龐，放眼望去，花圃裡不知名的花，正展現她的嫵媚，抬頭仰望天空，是一大片蔚藍的蒼穹，一朵朵潔白如棉花糖似的雲朵，正頑皮和風姑娘玩起捉迷藏。千變萬化的姿態，引人無限遐思。斜倚圍欄，三五好友猜著雲朵下一個的變化，也充滿了樂趣！天光雲影的美，讓我流連，不忍離去。

居高臨下，俯瞰地面的動靜又是一絕。行色匆匆的老師，嘻笑玩鬧的同學，或低頭，或微笑，每節下課都有好多人在那走呀走的，好不熱鬧。有時看到熟稔的老師或同學時還會大聲叫著他的名字和他揮揮手、打招呼呢！這份人情之美，特別能讓人感受到溫度。

我覺得這個地方不只是一個無聊時可以打發時間的休閒場所。對我來說，這還是個能讓我釋放壓力之處。我會一個人到這裡想事情，給自己一個冷靜，可以擁抱自己的角落，有時還會跟好朋友在這裡聊心事，分享生活，試著放過自己，把煩惱留在此處，隨風而去，然後繼續帶著笑容面對生活，繼續勇敢向前邁進。

一個小角落的美，不僅僅在於眼睛所能看到的景象，還能在這裡找到安然自得的感受。看似平凡無奇的地方，卻能讓我如此著迷，流連於此。到底這個角落有什麼樣神奇的魔力呢？其實就是天光雲影的美，小花小草的美，人情交流的美……給我一種安然的感受，成為我的小小世界。

內中之大，一定還有許多美得令人心曠神怡的地方，等著我去發現。希望我可以再多發現幾個內中校園裡美麗的角落！

校園最美的角落

廖羿溱

我心目中校園最美的角落，應該非九年級教室前面那條彎彎曲曲的石板步道莫屬了！一階階的石板古拙中帶有詩意。每一天早上，我都會踩著輕快的腳步，逡巡一旁的小花小草，揭開美好一天的序幕。

步道旁的榕樹，似乎在訴說著校園故事，一條條的鬚根，容貌顯得慈祥和藹。天晴時，麻雀歇息在林梢，嘰嘰喳喳，和教室裡的讀書聲相互應和著；天雨時，我最愛待在樹蔭下，讓雨水從枝葉上滴落，大滴、小滴，敲響著傘面。滴滴答答，有如龍貓動畫裡的場景，頗具有童趣。有時索性淋著雨，穿梭在大雨滴小雨滴之中，好似拍攝電影。

有時候下課和同學散步，也會走過蜿蜒寫意的石板步道。因為三個人一起走太擁擠，所以我們總是手牽著手，一個挨著一個，走在那些小圓柱上，就好像走木樁上一樣有趣。

我還發現晴天的走道和雨天的步道有不一樣的美：晴天時，陽光灑落，如金粉撒在小花小草上，生意盎然；雨天時小花小草被雨水洗滌過，清新鮮碧，樣子實在可愛。穿梭其中，彷彿是漫步仙境一般。每一次經過，都讓我驚嘆校園是如此的優美！也感覺到一股詩意。

一塊一塊的石板，總讓我不由自主想跳躍穿過，心中竟將自己幻化為青蛙在石上跳盪著。尤其是下雨時，更覺得應該嘓嘓嘓唱起歌——

我好想每一節下課都到這裡逛逛，這裡是我認為校園最美的角落。走！我們一起到這個校園裡最美的角落瞧一瞧，體驗這令人歡愉的生活小確幸。

我對國中生談戀愛的看法

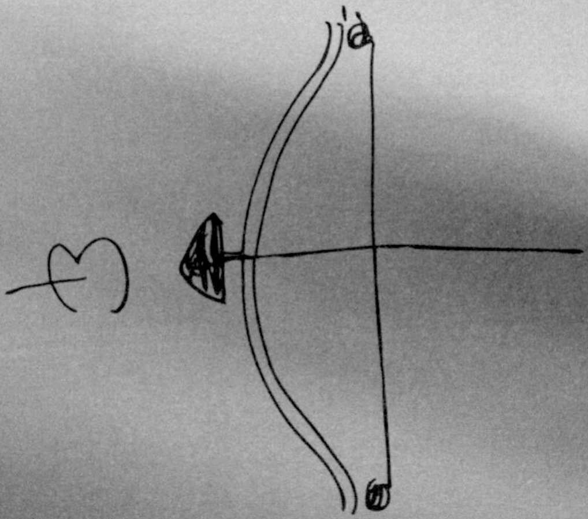

我對國中生談戀愛的看法

張卉茹

現在這個時代來說，國中生談戀愛似乎早已是家常便飯，對比早期來說，當時還不太能把對於他人的情感公諸於眾，並沒有現在來得直接，而我同樣身為國中生，對此也會有些看法。

國中到高中階段，都是處於一個對於愛情的探索期，因為不了解，無法分清什麼是好感？什麼是友情？而什麼又是愛情？有太多無法形容的各種情感，只好上網查，查到什麼，心裡就會自然而然的認定這段關係究竟是欣賞還是喜歡。

我並不反對國中生談戀愛這件事，因為好的一段愛情，可以讓人進步和成長，也會累積經驗，但我反對的是那種為了拿來攀比的愛情，很多國中生會認為自己但凡有了另一半，就會是最厲害的那個，之後嘗到了一點甜頭，就會開始一個換一個，覺得看哪個人順眼，不擇手段的去拿到聯絡方式後就直接告白，日復一日，年復一年，甚至因此把課業給丟棄了。

現代人總是手機不離身，也因此寧願相信網路的資訊，也不願相信人，國中生因為對愛情的不了解，所以只要是手機裡有寫的，都能被那些讓愛情沖昏頭腦的人相信那就是對的，這也是我反對的國中生戀愛方式，人與人的情感都是靠接觸了解後才產生的，而手機不是你的另一半，為何要全然相信那些網路資訊呢？

國中生談戀愛沒錯，但是不應把愛情視為一種攀比的工具，更不應忘了自己身為學生的本份。有人說國中生涯裡不能缺少愛情，而若愛情來臨，不應是以上兩種，應是能夠共同進步成長的愛情。

我對國中生談戀愛的看法

計采昀

「愛情」一直都是個難題，不論古今中外的人們皆為情所困。既然愛情是一件如此麻煩又令人困惑的事，那為何它卻不曾消失？只因它帶來的美好足以掩蓋先前所有的煩憂，在多少人眼中它仍是瑕不掩瑜的，暗戀時的那種曖昧、不經意間的心動、熱戀時的粉紅泡泡……儘管是分手、為情所傷，人們依舊逃不出愛情的溫柔鄉。

我想，大部分的人都是對愛情有些憧憬的吧！從青春期開始的萌芽，甚至到年老色衰後的第二春；轟轟烈烈的愛或平平穩穩的情，人的一生，會遇到太多段感情，而如何妥當的應對是一生的課題。戀愛，在一起彼此求的就是幸福感，在冷的時候有人可以取暖，在孤單的時候有人可以依偎。我認為，愛情就是要給彼此信任、包容和尊重，身旁的伴侶已是你審慎思考後挑選出來的那位有緣人，既然已認定彼此，便不要再疑神疑鬼，只要享受過程就好了。「不在乎天長地久，只在乎曾經擁有。」也是重要的戀愛守則，既然緣已盡，便好聚好散吧！

對於國中生的愛情，大部分的師長是不看好的，而我也認為現在談情說愛似乎早了些。現在的我們身心靈都還不夠成熟，上述的那些觀點等到熱戀時也可能做不到。戀愛使人盲目，所謂的「當局者迷，旁觀者清。」也是極常見的。所有的感情都需要時間、精力和財力，現在的我們不會賺錢，沒有財富自由，而且應以讀書為本行，對成績的影響且不說，若發生了憾事誰要負責？誰願意負責？現在的我們常常只見愛情的美好。

青春期的心動很正常，地下戀情也從未消失過，這也自然而然成了大家生活的一部分。對彼此的欣賞我不反對，有異性朋友也是好事，但對於愛情的果實可以不用過早嘗試。來日方長，「為情所困」的日子還多著呢！

我對國中生談戀愛的看法

莊閎麟

一天，一個不怎樣的一天，一個下著小雨的一天，天有點灰，地有點滑，但你知道的，最不能忍受的，是一對上班族戀人的共撐一把傘，兩人相依偎著，看那距離，可能還共吸一口氣。

走著走著，到了公車站，映入眼簾的是一個巧妙運用瑣碎時間的白髮阿伯，他坐著，一邊做著把手轉一圈的運動。「肖連ㄟ，哩乾五魯朋友？」從他缺了牙的嘴裡發出來，「咔ㄋㄟ」我跟他說，就這樣有一句沒一句的，他帶我回到他的國中世界……

他說，在很久以前，在還想反攻大陸之前，他有一個女朋友。爸爸說：「當學生就是要認真讀書！」媽媽說：「認真讀書！不要談戀愛！」老師說：「才考九十分，還想談戀愛？」我咳了一下，心有戚戚焉跟公車站阿伯說：「不只以前，現在的大人也說一樣的話！」他笑著要我也要認真讀書，他說他的女朋友有一七零，因為看上他的聰明與他相戀，聰明？我不以為然地聽完他的故事……

我覺得：國中生談戀愛和國中生的性教育是很類似的問題，總在最尷尬的時候被帶過去，有時候複雜的問題來自一個簡單的種子。我喜歡一朵玫瑰，一朵有著整齊頭髮的玫瑰；一朵考試都考一百分的玫瑰；一朵很會打球的玫瑰，你會說：只喜歡一個人的表面不是真正的喜歡！但，你感受過那朵玫瑰的刺嗎？或許你認為喜歡上一棵大樹才是真正的愛，但我搞不懂的是，我每天為這朵玫瑰澆水，每天和她聊天，我喜歡看著她，她欣賞著我，這比李白喜歡看山有趣多了，至少我的玫瑰還會對我說著綿綿情話，可能有一天我會愛上一棵大樹，不管時間過了多久也好，不管我會不會被玫瑰刺得渾身是傷也好，我相信總有一天我會找到一棵愛我的大樹，但在這之前，就讓我繼續喜歡我的玫瑰吧……

白髮阿伯說完他的故事，我看到遠方走來一位女士，一位與他年紀相仿，身高一百七十公分，有著一頭白髮的女士，他們互相攙扶著，一步、一步走上九零二八……

在這個季節裡
我喜歡……

在這個季節裡 我喜歡……

姚詩霙

夏天的夜裡，微風輕輕拂過耳邊，窗外陣陣蟲鳴聲，彷彿在舉辦熱鬧的音樂會，為靜謐的夏夜多了份盎然的生動。小河潺潺流過，揭開音樂會的序幕。月亮輕柔的光是最好的照明，螢火蟲在竹林中忽東忽西地飛著，在夜晚畫出一道道美麗的線條。在一旁欣賞美景的我，不禁感到心靈被洗滌，忘卻了所有的煩惱。在夏天，我最喜和朋友一同散步，欣賞大自然的美好。

記得小時候，在爺爺奶奶家旁，有一小片還未開發的竹林，由於在鄉下，路燈、汙染較少，總是可以看到那又圓又大的月亮，和漫天飛舞的螢火蟲。每每暑假回到爺爺奶奶家，在茶餘飯後，大人們坐在空地，吹著涼風聊天時，我們這群小孩總會呼朋引伴，一起到竹林裡探險。一進到裡面，就感受到無比清新的空氣，心靈也變得特別寧靜，好像遠離喧鬧進入了另一個世界。

當我們越來越深入時，螢火蟲在身旁飛來飛去，調皮的我們總是會抓個幾隻放在手掌中，就成了獨一無二的小燈籠。在月光的照耀下，一點都不覺得黑暗，我們會在這小天地裡，玩各種的遊戲，直到大家氣喘如牛，才意猶未盡的回家去。在夏天的夜晚散步、玩遊戲，真是我最美好的回憶。

時間能使綠葉枯黃、花果離枝；時間能使物換星移、滄海桑田；時間卻無法風化那美好夏夜在我心中的影像。直到現在，縱使我已經長大，我依舊喜歡在大自然中散步，領略這夏天的美好，期望這份夏天的禮物能永遠傳下去，永遠不會被破壞。

在這個季節裡　我喜歡……

邱竹妤

在這個季節裡，我喜歡躲在被窩裡。天氣已在不知不覺中轉涼，睡覺無非是一件最舒服的事，把被子裹緊，想像自己是一隻毛毛蟲，暖意夾帶著睡意，漸漸充滿全身，慢慢的——慢慢的——睡著了。早上，抓著被子不放，享受在寒冷中的一絲絲溫暖，是人生最愉快、最享受的事。

在這個季節裡，我喜歡跟著家人到楓林裡賞楓。一大早，家人把我從睡夢中叫醒，好好的梳妝打扮一番後，就跟著媽媽賞楓去了。到達目的地後，看到整片楓紅的樹林，讓人不禁感嘆——秋天已經悄悄地到來，沿路的楓葉踩在腳下，發出沙沙的聲音，牽著大人的手，彷彿回到小時候在秋天漫步的感覺，賞楓真是秋天的一大享受。

在這個季節裡，我喜歡獨自坐在公園的長椅。看著路上來來往往的行人，隨著微風吹在臉上，想像著自己長大後及年老時候的模樣。在長椅上跟同學聊天也是一項不錯的選擇，分享彼此在學校中的喜悅，發生了什麼有趣的事，不知不覺中時間就慢慢的消逝了。

在這個季節裡，我喜歡在家裡開著窗戶運動。地上鋪著墊子，窗戶開著一小縫，風——簡直就是秋天的天然冷氣，在這個時候運動，不會太冷也不會太熱，當你運動到很累時，風就從你的臉龐吹過，這會讓你清醒不少，這個季節簡直就是為運動而存在。

秋天——真是一個好季節！不會太冷或太熱，很多好事都會在秋天發生，涼爽的天氣，配上愉快的人，簡直就是完美。秋天，這個秋高氣爽的季節，真讓人難以忘懷啊！

在這個季節裡　我喜歡……

王羿婷

在秋天這個涼爽的季節裡，有非常多事情都很討喜，很多作家會選在這個季節創作詩文，因為景象唯美，而且具有濃濃的詩意。最具代表性的就是楓葉與明月了。

入秋時節，楓葉由綠轉紅，不是鮮豔的紅，是黯色系的紅，有些乾涸的顏色。而明月不同，它高掛在天上，像極了高不可攀的上帝，在空中看著我們，兩相對比起來，前者黯淡，後者明亮。

在這個季節，我也喜歡一個節日——中秋節。中秋節的時候，我們全家會一起在門口烤肉，大快朵頤一番。平時的我們總是做著自己的事，很少有交集、聊天，一到這個時候，便會打開心扉，毫無顧忌地聊天，氣氛溫馨、和樂，這就像是我們的「第二個過年」。

吃完飯後，肚子裡已經裝滿了烤肉，但我還是留了一點位子，給接下來的主角——月餅。說實在的，我很喜歡吃，卻也很挑，柚子、月餅這些食物，對我來說實在是珍寶。吃完的柚子皮可以當帽子，皮上油質可以做洗碗液。當我邊吃著阿嬤買回來的桂花糕，邊看天空時，月明星燦、星月交輝，真是美好！

秋天連接著夏季和冬季，與這兩個完全不同的季節，相比之下，似乎顯得有些遜色，它不會很冷，但也不會很熱。可是，這些秋天專屬的「特有」食物與美景，點亮了秋天。

在秋天的代名詞中，除了中秋節，我還喜歡——桂花。在我讀大班的那段期間，常常看到外婆家附近種了不少桂花樹。小學國語課本裡有一課〈桂花雨〉令我十分難忘，每當我一看到桂花，就會想到種種回憶。桂花小朵小朵，白白的，香味卻可以傳得很遠，真是讓人喜愛的花呀！

秋天是個濃情蜜意的季節，我不知道別人喜不喜歡，可是當有人問我喜歡什麼季節時，我一定回答「秋天」，因為不管是充滿了詩意的月亮、著了火的楓紅、溫馨滿滿的中秋節，還是香氣十足的桂花，我都有理由，告訴大家秋天的富麗和美好。

在這個季節裡 我喜歡……

施羿辰

在一年四季中，我最喜歡的季節是秋天，也許不像百花盛開的春天般美麗動人，也不像炎熱但總是充滿著珍貴回憶的夏天，我還是喜歡淡淡憂愁、充滿詩意的秋天。

在秋天，我最喜歡走在街上，感受陣陣涼風吹來，雖說是涼風，但卻不像冬天的寒風直叫人發抖。隨風而來的是翩翩飛落的葉片，在與泥土變成大地的一部分前，最後賣力的跳著一場又一場的華爾滋。再抬頭一望，只見那一片橘黃的景色，隨著時間慢慢變得稀疏，最後只剩樹枝孤單地度過寒冬。這片美麗卻又引人遐思的風景令人陶醉，難怪經常有人說：「秋天是詩人的季節」。秋天，的確能帶給人許多複雜的情緒呢！

在涼爽的秋天，除了景色外，最讓我期待的就是美食了。秋天是海鮮的盛產期，我們家每年到了這個時候，都會前往竹圍漁港買螃蟹，今年也不例外。每次看爸爸將蒸鍋的蓋子打開，屋內瞬間充滿了螃蟹的香味，對我來講真是人生的一大享受，將紅得發亮的蟹殼撥開，那鮮嫩可口的蟹肉是從小到大熟悉的滋味，只要品嘗一口，便知道現在正值秋高氣爽的季節了！

秋天是我最喜歡的季節，不只是因為美麗的景色和美味的蟹肉，更是因為秋天充滿著我與家人的回憶，我和爸爸、媽媽都是十月壽星，我們一家人總是在秋天一起慶祝，因此，每年的秋天，就是我最期待的季節！

那一刻，
我體會尊重的重要

那一刻，我體會尊重的重要

葉孟璇

「尊重」，有的是包容他人和自己相反的看法或說法；有的是讓他人為自己的選擇負責任；也有的是……。「尊重」有成千上萬的說法，就讓我舉些例子來說明「尊重」吧！

我想舉的例子是「種族」，曾經世界上有許多人看不起有色人種，但對我來說，其實每個人都是平等、一樣的，我們並不能因為一些差異而對那些人不尊重，因為每個人都是獨一無二的。再舉例「同性戀」，現在已經有許多國家宣布同性戀可以結婚了，但，仍然有許多人覺得「同性戀」就會得「愛滋病」，又或者是「怪人」。其實每個人是否要喜歡同性或異性，選擇權在自己身上，因此我們也要給予尊重，而不是以異樣眼光看待別人的不同。

小學四年級時，班上轉來了一個男生，身高約170公分，看起來凶狠無比，正當他上台要自我介紹時，說出來的話卻像棉花糖一樣軟綿綿的，幾乎聽不見他在說什麼，此時班上同學一片大笑，而那個男同學的臉，像蘋果一樣，紅通通的，這樣的舉動讓大家笑得更大聲了。過了幾週後，那個男生變成班上排擠的對象，而我也跟其他人一樣排擠他，再過幾週後，不知道為什麼，班上換我被排擠，讓我覺得很難受，當我跟老師說時，老師問我說：「很難受嗎？」我回：「嗯！」老師接著說：「那你能懂那個男生的感受了吧？」那一刻我的眼眶濕濕的，心臟像被人狠狠打了一拳。老師的話提醒了我，讓我明白「包容」也是一種尊重。

「尊重」，是禮尚往來的，想要別人對自己尊重，就要先對別人尊重，要是不對別人尊重，還想要別人對自己尊重，簡直就是天方夜譚！因此「尊重」是很重要的！

那一刻，我體會尊重的重要

袁安彤

尊重是什麼？尊重是包容他人與自己不一樣的看法；是試著從他人的角度思考；是理解彼此的差異和獨特性。若缺少了尊重會怎麼樣？

還記得，國小二年級的那天……

在暑假結束之後，又來到了上學的日子，教室裡大家都在討論自己的暑假生活，快樂地訴說再次見面的開心，突然有一個男生大聲嚷嚷地說：「怎麼樣？我這個髮型不錯吧！很帥對不對？」我覺得那個髮型很好笑，所以就在那個男生面前說：「哪裡帥了？我覺得你的髮型很像……對了！就像外面樹枝上的鳥巢！」雖然那個男生當下並沒有說甚麼，但老師後來輾轉得知了這件事。

那天的午休，我被老師叫了過去，老師問我：「如果有人說你穿的衣服很醜，你會怎麼想？」我回答老師：「會很傷心、難過，也會很生氣。」老師點了點頭跟我說：「那就對啦！你在講那個男生的時候，有沒有考慮過他的感受？「己所不欲，勿施於人」，誰都不喜歡被批評、嘲笑。所以在講別人之前，要先替對方想想。那一刻，我體會了尊重的重要。下課的時候，我向那個男生道歉，也得到對方的原諒。

尊重，是人際關係的潤滑劑，倘若少了它，人際關係就很難經營得好。人是互相的，要得到別人的尊重之前，就得先尊重別人。

玩，玩具

玩，玩具

林郁倢

娃娃、機器人、積木……這些玩具中都充滿了各種回憶。不管是童年，或是現在，玩具可說是帶給我許多歡樂的物品。

小時候的我非常喜歡玩扮家家酒，時常叫爸爸、媽媽一起來玩，好像就是活在自己的王國一般有趣，還會要求爸媽做哪個動作，說什麼話，擺什麼樣的表情，那時候真以為自己就像操控世界的國王，沒人能比得過我。

玩不夠的話，再自己做。我們家的白紙特別多，某天，靈光一閃，拿了一張紙，在上面塗啊塗、畫啊畫、這裡剪、那裡貼，經過一番設計後，新玩具就誕生了，正是「紙娃娃」。紙娃娃非常好玩，可以動手打造衣服、包包、頭髮……看不順眼就丟、看不習慣就畫。雖然僅僅只有一張紙，但對那時候的我，卻是能玩上好多天的玩具。

睡覺時要它陪，吃飯時假裝餵它，拿碎紙灑在它身上當作是洗澡。紙娃娃幾乎是我的家人成員之一了，每次一玩，都能想到好多玩法。像是自己編劇，把紙娃娃當成演員，有時上演喜劇、悲劇或愛情劇，小導演就此誕生。

玩具真的能帶給我愉悅的心情，不管多難過，只要碰一下憂愁通通都在現實中消失。人們都說拿一下以前最喜歡的玩具，回憶會帶你走向童年純樸的心，讓你又能再次玩玩具了。

現在的我玩紙娃娃，又會有不一樣的心情，只能說小時候的想法真的很天真且好笑。再次創造，再次編劇，現代版的導演，開拍囉！

玩，玩具

侯懷雄

有一種物品，它可以使人快樂；有一種物品，它可以有不同的形體；有一種物品，它可以陪伴你（妳）童年無趣的時光。

玩具不是一個固定的物品，它可以是任何東西，對於我來說，有個玩具陪伴我走過童年無趣的時光，它細長且柔軟、它是各種顏色、它可以被不同的人做成不同的東西，沒錯，就是毛線。

毛線，雖然只是條線，但數學有句話：「點、線、面」。可以用點形成線；可以用線形成面。那為什麼我會說那是我的玩具？因為小時候常生病，在醫院裡，母親總是與我談天說地，但她的手也沒有停下來，我的母親總是在醫院認認真真、一針一線的用毛線勾成圍巾，這使我對毛線充滿許多想像，從那時開始，毛線就成為我的「玩具」，每天認真的把一條圍巾勾出來，成就感可是很豐富的，這也使我成為細心、溫暖的人。

雖然我的玩具不能與別人一起同樂，但它也令我學到很多，它教會我細心，一針一線都不能勾錯；它教會我努力，一次次成就毛線；它教會我堅持，不到最後不放棄。線如同我的血管，運送著我活下來所需的氧氣；線如同我的家人，細心的照料我；線如同朋友，帶來快樂消走難過。

毛線雖然是我心中的玩具且又帶給我童年的歡笑，雖然勾成圍巾很難，但這又何嘗不是種樂趣？

或許還有很多漂亮、好玩的玩具，但是我的玩具我會給它不同的意義。玩具的溫柔內涵成就了現在的我，也有一種堅持將玩具收藏在一個名為「回憶」的小盒裡，永不忘記……

玩，玩具

李育嫺

從我有記憶以來，吹泡泡可說是我童年的一部分，只要到了假日，就會跑到陽台拿起裝有泡泡水的罐子，到一樓的遊樂場玩。

我總是喜歡爬到溜滑梯上，重複沾水跟吹的步驟，一直吹一直吹，直到手上都是泡泡水遍布的蹤跡，才會停止。我邁向家門，又回頭一看，剛才吹得滿天都是的圓球，怎麼就化為烏有了呢？頂著天真的想法，我每次都會想：「下次一定要把不見的泡泡吹回來！」

在吹的時候，不是每次泡泡都會很大顆，也不是每次都會很多，所以我嘗試過不同力道的吹法，是要輕輕吹還是用力？甚至有時強風來襲把它們吹散，我會沾一下泡泡水，給風自己吹，竟也能吹出不少，那時候的我感到很新奇，太有趣了！

泡泡水的濃度也很重要，我在廚房用洗碗精調了很多遍，效果還是不如預期，還被媽媽罵又再浪費水，無奈之下，只好邀請社區的朋友們來幫忙。大家都低頭忙著，過了許久，聽到一句：「終於成功啦！」大家衝上前去，他吹出的泡泡果然又大又多，我們急忙詢問著他的「秘方」。不過一會，大家都有了最棒的泡泡水，有人在分享，有人在大笑，好久好久，玩不膩啊！朋友們的爸媽都來催他們回家，我也關緊罐子，滿足的說：「我該回家了，下次還要一起喔！」

幼兒園的我，愛戀著泡泡，愛戀著玩耍的時光，甚至覺得自己是全天下最幸福的小孩。那些吹出來的圓球，載著我們的歡樂和笑聲，飛向未來。對這些事物還是記憶猶新的我，正面對著許多未知的挑戰，希望能帶著兒時那堅強不易屈服的心，去戰勝種種危機，這樣也就足夠了。

玩，玩具

王羿婷

我曾經最喜歡的玩具是一隻墨綠色的烏龜玩偶，他是從我的家人手中得到的。他就像一般的娃娃一樣，並沒有什麼特別的地方，不過他帶給我的，卻是意想不到的。

小時候的我總是很任性，認為自己是家中的小公主，直到弟弟出現後，才發現自己像是「被打入冷宮的妃子」一般。國小時總會覺得，為什麼有了弟弟之後，我的意見就不再重要了？為什麼明明沒做錯，卻好似自己殺了人？這時候我就會去找我的好朋友——「烏龜」，靜靜地、緩緩地把整件事情告訴他，我知道他不回我，但他令我感到十分溫暖。

或許是人性——「忠言逆耳」，爸爸媽媽也許認為我做得不對、不夠好，才會念我。而且，弟弟也是父母的寶貝，也需要關愛啊！我不能自私地一直佔有，不能因為自己的情緒而誤解父母的意思。但還是會傷心怎麼辦？我會把自己內心的話說給「烏龜」聽，他就像是一個不會說話的聽眾，一個一個的把我說出來、抱怨出來的話語帶走，令我不再悲傷，或許人真正需要的，就是那麼幾個願意聽你訴苦的「傾聽者」。

現在，這隻「烏龜」依舊存在，只不過他住在灰暗的櫃子裡，而不是我的懷裡。人是會喜新厭舊的，就算是再怎麼喜歡的東西，時間過了、膩了，也就理所當然地丟在一邊。隨著年紀增長，我的玩偶日漸增多，用一句話形容，就是「我的玩偶在我家床頭櫃上無性繁殖」——愈來愈多，我再也不是只能說給「烏龜」聽。可是，他並沒有令我感覺到厭膩，反而怎麼也忘不掉。他帶給我的溫暖是永不消散的，就像分隔兩地的戀人一樣，就算沒有看到他，內心還是能因為他而溫暖、有力量。

他就像是我與家人之間的一座橋梁，使我冷靜、沉著的面對各種問題；他就像是上天帶給我的解藥，讓生活上所有的「病痛」通通消散。我曾經思考過，在那暗綠色的「殼」底下，是不是也有和我一樣的生命體？不過那是幼兒園時期的突發奇想罷了，怎麼想也不可能，那我豈不是抱著個不認識的「人」睡覺了？但我仍想，他如果真的是一個人，會是什麼樣子？會是男的還是女的？長得怎麼樣？不過不管怎麼樣，我都會對他很好。他像是在我迷失方向時給我指引道路的光，可能沒有家人朋友帶來的強烈，但我還是會記得，小時候，我有一個全身軟綿綿的「玩伴」。

誰說長大了不能玩玩具，誰說那一定是給小孩子打發時間的東西？那是我們每個人的童年，每個人的記憶。玩玩具，每個人都會，但要玩出一種感情，還是不容易的。永遠站在我身旁的那個玩伴啊！不管你是否有一天會離開，但在我有能力的範圍內，會緊緊抓著，抓著我的小烏龜，我的玩伴。

標準因人而異

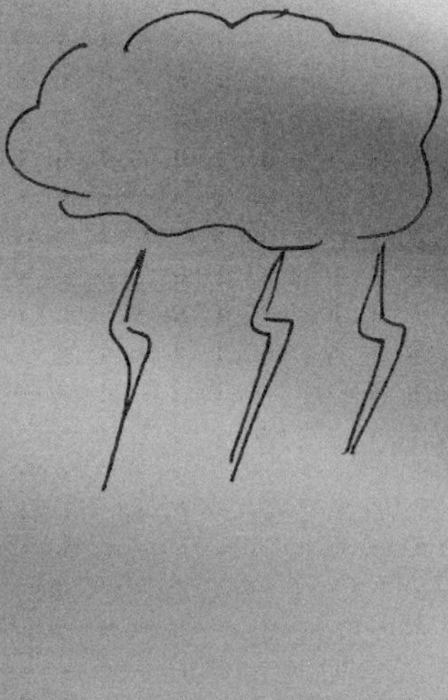

標準因人而異

林亮岑

「憑什麼他不用被罵！」這也許是許多學生考試成績公布後的第一句話。總是覺得很不公平，為什麼別人考得這麼低卻被讚揚？而自己沒有表現太差卻依然挨了一頓罵？

從心理學的角度來看，這就是「期望值」不同所造成的結果。當你對某人的期望值越低，當他做出超出預期的舉動時，你想當然耳會感到訝異且驚喜，進而獎賞、讚美他。相反地，期望值越高，期待感越重，當他只是稍微退步了一點，我們就會覺得他沒有用心，做得不夠好——就算他的表現已經趨近完美。

也許你會想：「那表現好的人就是他倒楣？如果我也考差，然後下一次再考好，那是不是就不用被罵了？」

其實這個問題沒有標準答案，我們真的可以選擇最輕鬆、最無憂無慮的作法，但對自己的期許真的只有這樣嗎？從另一個角度來想，當一個人習慣於每次都做到最好，習慣於要求自己時，自然而然的，能力就會一次一次變好，就算偶有小過錯也會立即修正改進。而如果永遠只會利用期待值差距來獲得讚賞，先不論別人會不會麻痺，自己就只會在這個範圍內來回游走，原地打轉，無法再更上一層樓。

也許又有人說：「可是我已經很努力了，我就是沒辦法做到最好啊！」沒有人是完美的，也不可能所有人都能做到最好。因此這時每個人的標準也都不同了。有能力的人當然要給自己一個遠大的目標；而能力不好的人，只要肯在過程中努力向上，每次以微小的力量進步，這樣就夠了。因為在過程中所學到的東西，往往比一個完美的結果來得多且重要。

標準因人而異，主要就是因「期望值」與「能力值」而有所不同。自己給的期望值是多少呢？而能力值又是多少呢？又或許我們可以拋開這些，去思索一下自己的「努力值」究竟有沒有達標吧！

標準因人而異

計采昀

我們在求學的路途中會面對無數場的考試，而大部分的考試都會有一個成績，那這項成績於你而言的意義是什麼呢？是論功行賞或處罰的憑據？又或者對你來說這只是一個毫無意義的數字而已？

對我來說，考試就像一場戰爭，養兵千日用兵一時，而成績則反映了這支隊伍的能力。但我們可曾想過，每一個人一開始擁有的兵力是否都相同？有的人生來就擁有精銳能力，但有的人或許只有蝦兵蟹將般的程度。大家生來條件不同，卻要面對相同的挑戰，那最後還能以相同的標準審視嗎？

從國小開始我的成績在中等以上，所以師長看我的眼光就跟著提高了些，期待我能考得更好，期盼我能為班級、為校爭光。於我而言，及格早已不是六十分了。有時回首看看那些吊車尾的人，突然有些羨慕，覺得他們看起來好快樂，只要讀一下書，及格，就能得到讚美，一切看似如此輕鬆。但我沒看見的是，或許「及格」這兩個字對他們來說已是盡很大的努力才能達到，那又何須以我自己的標準來看他們呢？

所謂的「能者多勞」即如此，老天給你的多，就應該多付出；你的能力比其他人好，標準自然也高。每個人生來都不同，標準固然因人而異。若你擁有較高的標準，代表你的能力是被肯定的，所以珍惜自己的優勢並將其發揮吧！

一個我最崇拜的人

一個我最崇拜的人

雷馥寧

在茫茫人海中，總有一些人是會讓我們欣賞或想向他看齊的。他是一個目標，是一個令人深深著迷的人。對於我來說，我最崇拜的人是「時代少年團」隊長——馬嘉祺。

馬嘉祺出生在一個經濟環境不錯的家庭，但在他身上卻絲毫沒有大少爺的脾氣，他十四歲就進入了公司，在那之前他在沒有光的地方努力了八年，始終沒有放棄，這是我欣賞他的第一點——持之以恆。

還記得之前在看時代少年團的紀錄片時，看到了一個令人心疼的片段：馬嘉祺因為舞跳得不好，常忘記動作，他假借去廁所，待在廁所裡邊哭邊打自己巴掌，僅管他開了吹風機想掩蓋哭聲，在門外卻依然能清晰聽見響亮的巴掌聲，他那時才十六歲啊！這是我想和他看齊的第二點——無論年紀大小，對自己都有著極大的要求。

身為隊長的他，因為隊內平均年齡小，十八歲的他總是扛起所有大小事，正值青春年華的他卻擁有不屬於他的成熟。早上總是第一個起床給大家訂早餐，卻是最後一個吃飯的人，吃完飯後一個人默默地收拾碗筷；睡覺時，等到大家都睡著了，才躺下休息，這是我佩服他的第三點——責任感。

馬嘉祺十四歲那年離開了家鄉，離開了家人，獨自一人飛到重慶追逐自己的夢想，明知道去那邊人生地不熟，未來的一切都很模糊，卻毅然決然帶上行李，揚著帆、乘風破浪，這是我最最崇拜他的地方——追逐夢想的勇氣。

馬嘉祺就像一顆星星，讓人忍不住仰望著他，也是我的目標，在我壓力大時，他總能給我力量。記得他曾經說過：「每個人都將成為一顆耀眼的星星，受萬人注目。」因為淋過雨，所以總想為別人撐傘，我想這就是它受歡迎的原因吧！

一個我最崇拜的人

曾梓晴

生活中，總會遇到一些自己特別崇拜的人。那個人或許擁有努力、認真、孝順、有愛心等等特質，在我們的眼裡閃閃發光。

我所崇拜的他之所以打動我，起初是他帥氣的外表。但在逐漸熟悉他的過程中，還發現了很多很多值得我去追隨、喜歡他的地方。

他很努力，僅十六歲的年紀拿到了「最年輕創作歌手」。在本該放肆享受玩樂的年紀，他選擇了為夢想而努力。他是以素人身分開始在公司裡培訓，在凌晨一兩點的深夜裡依舊能聽到練舞室傳來鞋子與地面摩擦的聲音；依舊能在練歌室裡傳來那一遍又一遍的練習。他從一米六的「小丸子」在兩年內暴風成長，變成了人人可信賴的一米八「狼崽」。

他很有責任感，會和全世界說：「弟弟，你等著，哥哥我一定會努力成為你的榜樣。」他很溫柔，隊友總說他很會照顧每個人的情緒。他看見隊友臉色不太對時會用自己的方式安慰他們，可能是拍拍肩，可能是靜靜的陪伴。他在鬼屋裡即便怕得要死也會死命的護住身後的隊友；即便他只因為翻唱一首歌被全網罵翻，他也會微笑的告訴自己的女孩（粉絲）說：「我既然唱了這首歌，那我當然就會負起責任。你們不用太擔心我，我自己會調節好自己的情緒的，真的。」他是隊內最小的男孩，卻懷著超越這年齡的成熟。喜歡他，是我的榮幸。

他教會我不少事，他說：「我不需要去追光，因為我就是發光體。」我學會為了自己而發光的往前走。他教會我，作為一個有身分的人要有責任心；教會我，做自己喜歡的事情並沒有錯；教會我勇敢的面對瑣事，不需理會世俗的紛擾。他也告訴了我，追隨他，一定是值得的，他是我在低潮時照耀我的光；是我在疲倦時將我向前推進的動力。崇拜他，是我這輩子做過最正確的選擇。

我認為有一個崇拜的人是非常重要的。追隨著他的腳步跑得飛快。生活中，那個人便是我不可或缺的存在。他是光，我追光，這樣的日子我樂在其中。想放棄時抬頭仰望他，就會覺得，天底下有那麼多人都在奔跑、奮鬥，我又有何理由停下來呢？想著他，腳步不由得輕快起來了……

他是我最崇拜的人——劉耀文。

做中學，樂無窮

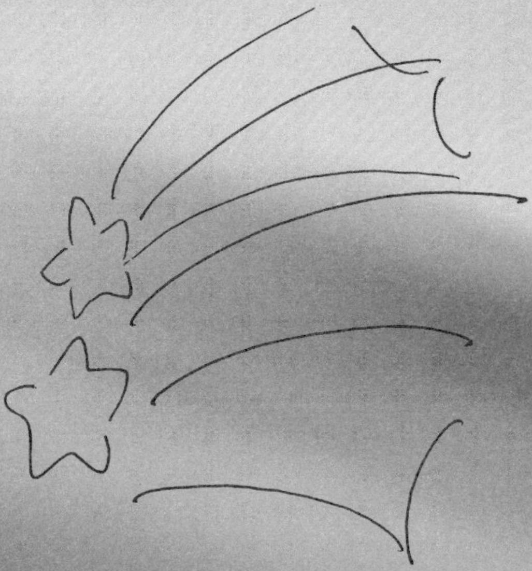

做中學，樂無窮

吳宇婷

你喜歡學習或嘗試新事物嗎？在成長經歷中，你一定有過這樣的經驗，對於新鮮事物躍躍欲試。不過，我們常常會認為學習新事物不容易，容易退卻、不敢踏出下一步。但有想過嗎？假使自己能獨立完成，或者與朋友透過分工完成，這樣會有什麼不一樣的結果呢？

曾經以為走美術這條路會輕鬆，每天自由悠哉地畫。因為自小我就有這個夢想，身旁長輩也都讚美我有這項天賦，再加上並沒有額外補習繪畫技巧，逐漸地我相信自己的確擅長繪畫。直到升上國小五年級，看見許多和我一樣擅於繪畫，又憧憬走美術這條路的同學，他們是那麼厲害，反觀自己卻比不上。從那之後，我便開啟自學之路，每天上網搜尋資料、圖片練習繪圖技巧；在學校同學也會給我一些意見，讓我改善技術。不久迎來學校繪畫競賽，我就報了名，和同學一起構思、創作、研究，那個過程是我快樂的泉源。名次揭曉，雖然未獲得前三名，卻得到佳作名次。之後，仍舊與同學們一起創作、繪畫，那時希望這樣的體驗可以持續到永遠。

之後，我仍然繪畫不輟，還去報名專門繪畫課程，雖然沒有再參加任何比賽，不過身邊的親人、朋友、同學一直肯定我的畫作，甚至有人說我將來或許可以賣畫為生呢！

在大家稱讚聲中我持續進步著，可是我更懷念那一段與同學努力、繪畫的時光。本來覺得輕而易舉的繪圖，發展到後來也會遇到瓶頸，但在好友、師長的鼓勵下我沒有放棄，正因為有同伴支持，那一段過程變得輕鬆快樂，這是最難得珍貴的經歷。

做中學，樂無窮

杜祐羽

在陣陣的木頭香味中，我完成了一件「曠世巨作」——小木椅。這把小木椅可是花了我很多的時間才完成的，所以，當它完成時，我的內心可是雀躍不已啊！

這一切緣於國小的一次木工課。老師有一天突然昭告天下：我們要自己完成一件家具。當時的同學們連木板都還不知道是什麼，何況是完成一件手工的家具，根本是天方夜譚，幸好老師說可以和同學兩人一組，互相協助、討論。於是我找了一位我的摯友來協助我，找到後，大家便開工了。

這可不是一件易如反掌的任務，因為大家從出生以來，都沒有使用過木工器具，所以大家一開始都是：「瞎子背瞎子——忙上加忙」，一下子木板裂了，一下子手又割到……，好笑的事情層出不窮。正當大家心灰意冷之際，忽然天上照下了一道耀眼的救贖光——我們的老師來教導大家了！

老師教導大家如何使用木板，如何使用器材……，在老師的諄諄教誨下，我們終於學會如何使用木頭了！原來要依照它的年輪、材質來加工，有一點點的差錯都會功敗垂成。在老師的示範下，我們都見識到老師的廬山真面目——木工達人！原來老師是木工達人，她笑著解釋：「因為家裡是做木頭加工的，耳濡目染下也練成一手看家本領！」我們這才了解原來只要細心、專心，難如登天都可轉變為易如反掌！

兩週後，大家的家具都完成了！有的人做小書桌，有的人打造小椅子，竟然還有人完成一張床。看來大家的努力付出，終於有了成果啊！

原本不擅長木工的我們，在老師的教導下，各個都成為了木工好手，真的是勤能補拙，只要努力，成功就在巷子口等待了；如果當初我被心灰意冷給打敗的話，今天的成果根本就是：「竹籃子打水——一場空」，什麼都沒有了。

在這堂木工課中，我們都把木工學會了；在這堂木工課中，我們學會了互助；在這堂木工課中，我們學會了雕琢木頭；在花了無數個朝暾夕暉的木工課中，我學會了：「專心、細心」。

修正錯誤，創造新契機

修正錯誤，創造新契機

李恩

「人非聖賢，孰能無過？」在日常生活中，一定會有不小心犯錯的時候，只要能成功的改正，那一切的一切都會變得十全十美、萬紫千紅般的美好，甚至有無限多種美好的未來，那我們要不要改正自己的錯誤？

偉大的法國電流學家安培在成功發現電流前，曾有一段荒唐的過去。當他在大學教書時，愛人因病而與他天人永隔，令他非常的傷心，從此過起了白晝在大學傳授學問，黑夜卻在聲色場所藉酒消愁的頹廢生活。但有一日，他在實驗中，偶然發現了電流，使他意識到：「不斷消沉的自暴自棄，不如勇敢成功奮起」的道理，他開始不眠不休的研究電學，最終成為一代科學權威。那他都做得到了，我們也可以改正自己消沉的錯誤。

當我還是國小生時，可以說是全宇宙最愛玩，最不讀書的人，也因為這樣，從一年級到六年級，在班上的名次就像高山的落石一樣，從半山腰一路滾到谷底，而我也沒有反省自己的過錯，仍然不斷的墮落。終於，在一次的遊戲中，我從司令台跌下來，頭著地，整整痛了一個星期，在這一週內，我才明白，如果我始終這麼愛玩，這麼不努力，總有一天，會把我這顆山谷裡的落石推向地獄，才開始重整旗鼓，開始困難的把落石推上半山腰，經過了一年四季的苦練，我成功了，甚至還更進一步，一路突飛猛進，推上了山頂上的前五名。

別人放棄你，那不是真正的放棄；放棄自己，那才是一切的終結。勇敢地跨出改進之路，不要害怕失敗，讓錯誤成為過去，才能更進一步！

修正錯誤，創造新契機

黃虹霏

所謂「溝通」，可以很簡單，也可以很複雜，正因對象不同，而有五花八門的方式。我和妹妹，藉著這門學問，改善了我們的關係。

我和妹妹間最大的錯誤就是「互不相讓」，由於兩人都屬草原霸王「獅子座」，主見異於常人的多，個性異於常人的強勢，我們之間只有一個優點——冷戰異於常人的短，這就是當中的無底洞，陷入了無限反反覆覆爭吵合好的「不良循環」，這個無底洞破了七年，終於在上星期開始它的縫補。

因為我們姊妹倆熱愛彈鋼琴，常常爭先恐後搶著我們家三十幾歲的鋼琴爺爺，而且一彈必定是一小時起跳，為這件小事已經吵了成千上萬次的架。幾個星期前，我們正在學一首旋律優美的流行歌，兩個人都想趕快坐到鋼琴前享受這動人的音符在指尖跳動的快感，又為此爭吵了一番，到了晚上，我反覆思索我們爭吵的意義到底為何，想破頭也想不出個所以然，直到睡覺時，我和妹妹窩在冬日幸福的被窩裡談心，把這個無底洞慢慢縫合，從前天天吵架的我們，直到今日，還未爭吵過，裂縫慢慢縫合，感情也緩緩提升了。

藉由「溝通」修正我們的錯誤，不僅使雙方感情更加緊密，也可以更信任彼此，甚至會互相著想，可說是一舉多得呢！所謂「失敗是成功的墊腳石」，雖然前幾次可能會溝通失敗，但每日累積零點零一，總有一天會變成一，到最後變為一百。我們姊妹倆，現在已成了凡事都需要「溝通」才能決定的達人了。

心情故事

傾聽大自然的聲音

彭采婕

自然界中包含了萬物，春日的鳥叫聲、夏日的蟬鳴聲、秋日踩過落葉發出的「沙沙——」聲，每一種似乎都可以讓我們心境有所改變，每一種聲音是我們對不同時節的印象。我印象最深的，肯定是我認為最聒噪的蟬鳴聲。

蟬鳴聲「知了——知了——」的叫著，教室內每個同學拿著筆「沙沙沙——」的寫著，當然還有教室窗外枝椏都擋不住的烈陽，這是我所熟悉的盛夏，是在蟬鳴的配合下我最有感觸的季節。隨著夏日自然的深入與淡出，蟬的聲音也漸漸改變，到最後，牠已經不存在了，每一年的蟬鳴似乎都短暫得可貴，我特別喜歡這種珍貴的聲音，雖然有時聒噪得可怕，但是如果沒有牠的存在，那麼就和我認知的「夏」漸行漸遠了，蟬鳴一年比一年有活力，烈陽一年比一年熾熱，從我出生到現在，蟬鳴在夏季的印象與地位也更加堅定不變。

輕柔的風聲引人入睡、細細的雨聲予人心安，那麼我認為，蟬鳴絕對贈人滿身活力，只要到了夏末，牠們的生命就到了盡頭，好似也不影響牠最後的熱情，這種聲音讓我們、也讓牠們自己忘記時間正在向前推進，牠們總是用滿腔的活力與我們共享夏日，刺眼的光線之下，牠們不厭煩悶熱的耗盡力氣與聲音，

「知了——知了——」仍然會出現在下一個夏季，四季變化更迭，萬物也在世界中兜兜轉轉，但最深刻的印象仍在其中永遠不忘。

自然界中的聲音可能予我們滿腔歡喜、可能予我們惴惴不安，有些令人陶醉、有些令人心驚，不同的聲音帶給我們不同的感受，在這個分秒都在變化的自然界，最終持之以恆的不過是自己心中印象最深刻的聲音。

一次旅遊的體驗

楊釉鈞

還記得，那是個粉色的春天，我和六年級的同學們踏上了屬於我們的最後一趟旅程——畢業旅行。

霧峰林家，是一個曾經輝煌的大家世族，掌管無數軍權，皇帝甚至在府前親自題字「宮保第」，可見當時威望極高。尚未入門，就見四開規格的大門，在當時，這種大門只有皇親國戚才蓋得起，也讓我們見識了林家的財力和權貴。入府後，我們隨著導覽員的腳步，一步步認識府中的建築文物，彷彿親身經歷了當年的輝煌。原來，府中的所有物品、建築，在建造時都是有各自的含義的，大至整體構造，小至屋頂棟樑，皆有它存在的必要，時時刻刻提醒著子孫們「莫忘根本，飲水思源」。

走遍無數廳房後，我終於看到了現代式的建築，也終於被拉回了現實。下午三點，午茶時間，啜飲著紅茶並看向窗外，是園區內著名的大花廳，一座看劇聽戲的戲臺，臺上練舞的女孩們宛如古代的伶人，在舞臺上唱著一部又一部的悲劇——男尊女卑的悲劇。若仔細看，便可看出所謂的「觀眾席」分為上、下座。下座位於正中間，可以看得一清二楚；上座在戲臺兩側且掛有薄紗，因為古代女子不得隨意露面，如此明顯的不公，也算是當時的悲哀了。

此次宮保第林家之行，給了我許多啟發，歷史不再僅是課本上的照片，而是在我面前的古蹟。當時的生活情景全都歷歷在目，我也看到了林家的榮耀，這趟旅行，是我最好的教科書。

七年後的家鄉

郭子綺

「啊！」原來是夢啊……

「嗯？怎麼了嗎？」夜半，身旁的妻子起身對我投來關切的目光。即使感覺到右半邊臉頰上滾落淚水，我也不想讓她擔憂，因為希望自己在妻子面前始終是堅強的模樣。

「沒什麼。天還沒亮呢，妳再多睡會兒吧！」妻子笑了笑，回道：「別多想了，你也快睡吧！」

我翻了翻身子，腦中浮現起剛剛的夢——似夢，卻也是我曾經的過往。都說戰爭最苦的是百姓，上位者、叛軍不論為權、為名利，又怎麼會考量百姓流離失所的哀淒？七年前，安史叛軍衝入都城，毀了大唐，也毀了我的故鄉；帶著妻兒顛沛流離逃難，一路上不知歷經多少凶險……。往事歷歷如繪，不覺間天光已大亮，回過神來，順著陽光，我瞧見了擺在窗邊的杜鵑花冒出新芽，是啊，我們在梓州，離鄉已七年了，一切，都會好起來的。

片刻後，家人都起身洗漱完畢，這時門外忽然傳來「砰——砰——砰」敲門聲，來人似乎十分緊迫的樣子，於是妻子趕緊開了門，孩子們擔心地圍在旁邊。那扇薄弱的木門險些被張嬸撞開，一開門看是隔壁張嬸，嘴裡喊著「杜家的，杜家的——洛陽，洛陽被收復啦！聽見沒呀！」張嬸那張激動而猙獰的面孔上，兩隻閃爍的眼透露著狂喜。我的腦中「嗡」地一聲剎那間一片空白，一直希冀的願望實現了卻不敢相信，我的眼前一片模糊，眼眶泛酸，試圖用雙手止住淚水，淚水卻從指縫中不斷溢出。拉起袖口擦拭淚水，可是怎麼抹也抹不盡。「我可以回家了嗎？」我說，我要趕快帶著妻兒回鄉，催促著大夥收拾行囊，張嬸報了喜後又匆匆通知別戶去了，正要感謝，她人已離去。

妻子拿出珍藏的紹興酒，倒出一小杯與我共飲，實在壓抑不住欣喜若狂的心情了，我忍不住放聲高唱，兒女臉上滿是好奇：「爹爹，我們是要回家了嗎？」牽起兒女的手，開心地回說：「是啊！可以回家啦！」走往城門路上，第一次覺得路旁景致秀麗，芳草萋萋、杏花飄飄，有這一路的明媚風景相伴，我們一定能平安返家。

路上腳程未曾緩過，每看頭頂上的雁鳥，就不禁羨慕起牠們——可以迅捷地飛越巴峽，穿過巫峽直下襄陽。要是我也有那對翅膀就好了。七年不見的家鄉是否如舊呢？加快腳程，也許我們很快就到了……

那一幕，讓我印象深刻

官姵岑

四、五歲時，在花蓮的家門前種了一棵龍眼樹，後方有一條小溪流，在我還未到城市讀書時，我的童年有三分之二是在那裡度過的。

當時，每到夏天，天氣正熱時，我跟鄉下的一群朋友，到溪流玩水。水清淺透澈，小手捧著如碗弧形的水，往朋友臉上、身上潑，大家笑嘻嘻的，更快樂的是一夥人拿著梯子，想爬上龍眼樹的慾望。為什麼呢？因為我們常聽到老一輩的人說：「樹上的龍眼包甜！」就這個原因吸引我們這群臭小孩想嘗鮮的願望！

首先，搭好梯子，一個一個慢慢上去，最多上去三個，剩下的人在梯子下方，拿著麻布袋接好從上往下掉的龍眼，等到大家都摘得差不多了，大夥就下梯子，準備大快朵頤。我們會坐在樹下，用大拇指把龍眼的皮往外扒開，裡頭的果實伴隨著果香而甜的味道，吃下去，由舌尖到鼻腔的甜蜜滋味，讓大家都樂得嘴角上揚。

有一次強烈颱風準備撲台，大家都在討論著怎麼保護龍眼樹，最後是用許多小袋子把一串串龍眼給包起來。那一夜，雷電交加，不知樹可否撐過去。第二天一早，朋友紛紛跑來看，還好樹沒事，袋子摘下來後，烏雲漸漸散去，一道早晨的光射到龍眼樹上，沒過多久，遠方浮現了一道淡淡的彩虹，大家都看呆了，就這樣靜靜的看著，也深深的印在我的心裡。

那一道彩虹、陽光，對我們大家來說，是希望，更像奇蹟，對樹與萬物而言更是象徵了大地的生意盎然。而那一幕至今還會出現在我夢裡，像裝進空瓶裡的寶藏，存放於我的童年，就是那一幕，讓我印象深刻。

兒時記趣

劉冠廷

年幼的我有豐富的想像力，只需輕輕地看過，就連我們家都可以變成阿拉伯皇宮，也可以是中世紀古堡。化書為鳥——翱翔在空；化雲為魚——悠游水中；化風為馬——奔騰空中，神遊其中，怡然自得。

小時候，我可以把海看成沙場，一波波的海浪是馬，一波波的海浪沖湧而來，果如一匹匹又高又壯的白駒奔馳在沙場上，眼睛看著萬馬，耳朵聽著由石頭被馬踩的馬蹄聲，不需花費太多精力，只需些許的想像力，就可以讓心事放下，把煩惱拋到九霄雲外，再難過，聽聽海都可以放下，讓心情變好（覺得有趣），渾然忘我。

小時候，喜歡養甲蟲，或許是因為他們身披一片片黑的發光、棕的發亮的武士鎧甲給吸引（迷倒）了，但我的甲蟲跟別人的不太一樣——不是買的，是去外公家誘騙來的，把水果或水果皮放在室外，一早起來先去抓「寶」，若有抓到，我會先把昆蟲箱用木頭、木削等，把箱子變成總統套房，也讓他有躲藏點，完成時還會有些許的榮譽感和興奮，把它放到裡面，但對他來說應該是充滿木頭的監獄，想到時再把它放在手上爬，過一、兩個禮拜就要讓牠回歸到大自然的懷抱，而我只能依依不捨的說再見。

小時候，我會把雲看成畫布，在黃昏太陽的揮灑之下，原本遙不可及的雲和山成為一幅絢麗的畫，隨著風的舞動，太陽的落下，天空變成了舞台，讓太陽和雲即興演出（霞光）令人覺得心曠神怡，興味盎然，在破曉之時雲和霧結合在一起，從朦朧之中看到山，還夾帶著重重溼氣，想像自己是神仙飛在青雲中看世界也別有一番風味，但太陽的升起打破了現況，讓我意猶未盡，只能期待下個明天。

回憶像個銀行——只能存款不能提領的銀行，他不能讓你重新美好回憶，只能看著你的存摺，慢慢陶醉、回憶著。

我想制訂一條校規

黃虹霏

「吼！好熱哦！」，「明天氣溫38度，又要穿制服！」每到艷陽高照的夏天，總是聽到哀嚎連連，學校制服厚得跟羽絨被一樣，又完全不透氣，穿在身上，那強烈的熱對流在制服裡蒸騰，不到中午，就能吃到「汗水大便當」了。

如果我是校長，我一定要制訂一條校規——「四至六月及十一至一月（夏天及冬天）可穿自己舒適的服裝；九至十月及二至三月（秋天及春天）規定穿學校制服。」我也是當過學生的，這樣一來，同學們就不必為了穿著而悶悶不樂了，而且，想必我這個校長會受到同學們的強烈支持。

春天及秋天，天氣舒適，心情也愉快，搭上學校的典雅制服，漫步在校園，紀錄與體驗每分每秒，怡然自得；夏日時分，暑氣逼人，穿著自己那鮮豔透氣的排汗運動T恤，在廣大遼闊的操場上奔馳，想像著自己是隻獵豹，抓到目標就能一口喝下清涼飲料，真是大快人心；冬季來臨，大家紛紛穿上衣櫃中最好看的帽T，是寒冷冬日中最大的快樂，放學時在校門外拍張帥氣帽T大合照，追蹤人數又增加了，令人雀躍不已。要是校規如此運作，簡直完美無缺了。

「制服」真的讓許多學生頭痛不已，但身為學生又不得不穿，那我們就兩季穿便服，兩季穿制服，說不定我還可以舉辦一個服裝大賽呢！這樣一來，既可以擺脫以往的不自由，又不會太過的放縱，可說是「一兼二顧，摸蛤仔兼洗褲」呢！

我們這一班

李翊華

升上國中快一年了，已經熟悉學校的環境，而在此之中，最熟悉的就是自己的班級了。

我們這一班自稱「喜憨兒基金會」，那是公民老師取的。在這個團體中，我們不僅有公民課本上的組織性，各有各的分工；更有歷史課本上的社會運動，有自己的訴求；還有地理課本上的交易，相互間的條件交換。這三項組合而成的712，就是個小型社會。

而其中班導就像會長，管理整個團隊；而班長則是出面與外洽談的多功能公關部長；副班長則是班導底下的小秘書。當然還有經濟部門、管理部門，各有一、兩個人負責運作，可是在學習規劃部門（主科的老師及小老師），及娛樂規劃部門（副科的老師及小老師）卻將近有十幾人，可說是班級靈魂所在。

接下來我要介紹的是班級的重要人物。在本班成績前段的同學，段考名次每次都不一樣，而近期本班的第一名是王彥淇，他的綽號叫做王延期，此綽號的由來是因為有一次頒獎時，學長把他的名字念成王——延——期，才因而得名。接下來要介紹的是迷因大使——迷因，英文meme，是一種網路用語，指搞笑的文化，呂蘅祐（綽號大鵝）他常常語出驚人地活用許多迷因，引得全班哄堂大笑。但最迷因的不是他，而是賴思穎，因為嗲聲嗲氣的一句「踩下去喔！」竄升為全班公認的迷因首霸。但談到迷因大使就不得不說Vturbe大使（另一種Youtube，是用VR技術直播的，著名的有：白上吹雪、鯊魚等）范文耀，而他經常在班群上分享Vturbe。還有我們班的開心果——王梓銓（綽號星銓）和徐巧潔（綽號犀牛），舉手投足間，充滿了喜感，也帶給我們無限地歡笑。

說完了學生，接下來要說說老師。首先第一位是我們的創會會長，公民老師，但除了創會之外，就沒有多少事蹟。還有我們的自然老師，他非常的嗆，也非常的搞笑，而且熱衷於動漫及Vturbe，是個名副其實的半宅男。還有我們的英文老師（Cindy），常說自己是仙女下凡，而罵起人來卻也是凶猛狠辣，而她最常講的口頭禪，那就是：文耀。

當你看到這邊時，大概對我們班也略知一二了。在這個班的點點滴滴是我覺得最美好、最想收藏的時光。

我最喜歡的美食

楊鈾鈞

自我有記憶以來，有道菜始終讓我念念不忘，無論嘗遍天下的山珍海味，那道料理仍然穩居屬於它的「冠軍寶座」。

盛夏時節，大家難免沒有胃口，這時，奶奶拿手的「糖醋魚」便成為餐桌上唯一的焦點。上菜時，空氣中瀰漫著一股糖醋味，酸中帶甜、香中帶鮮。鮮白的魚肉被抹上了艷紅的脂粉，原本腥臭的海鮮味，取而代之的是令人食指大動的酸甜香氣。入口後，魚肉在舌尖化開，鹹而不膩，入口後帶著些許絲滑的尾韻，口腔內還充滿著魚的鮮味。這道料理不僅是味蕾的滿足，更是一場撼動人心的視覺享受，看似平凡卻不簡單，每一個程序都透露出奶奶的用心和巧思。

首先是食材，選用新鮮魚貨以及當令蔬果，清洗乾淨後進行處理，接著依序置入鍋內，採較為健康的蒸煮法，直到熟透為止，放入醬汁慢煮，並且確定是否入味。霎時，焦點就從魚轉變為配料，彩色的甜椒交錯點綴在盤面，以青蔥為佐料，提升魚的鮮味，最後再用酸甜的鳳梨錦上添花。這其中，是奶奶的愛心使整道菜更加完美，若不是奶奶，這也就只是一道普通的家常菜。

糖醋魚在我心中一直是一個很溫暖的存在，因為我永遠記得奶奶說的：「真正的料理，並不是所謂的『山珍海味』，而是吃過一次，會讓人再三回味、並且產生共鳴。」這種繫起人心的料理，才稱得上佳餚。

健康先生

盧岱筠

健康先生，他是我爸爸。他有一雙石墨黑的眼睛，一個小巧的鼻子，鮮紅色的嘴唇，好像和大家很像，但他最特別的地方，是他擁有一身強壯的身體，只要是認識他的人，不論年紀大小、不論高矮胖瘦，大家都知道他的人生字典裡最重要的兩個字——先生最喜歡做的事——運動。他除了工作以外，其他的時間幾乎都被外出運動塞滿，連一小張紙放進來的位置都沒有。他喜歡在清晨起床，和他的球友來一場刺激、熱血的籃球大戰，他常常說：「看著籃球那左蹦右跳的樣子，活潑極了，不覺得一整天的活力都來了嗎？」他也喜歡帶著家人，一起到風光明媚的山上，來一場舒爽的森林浴，「不但可以訓練心肺功能，還能欣賞到美景，豈不是一舉兩得？」他這麼說。的確，運動可以讓自己心情愉悅，還能保持身體健康，真是個好習慣。

健康先生不但希望自己健康，也希望別人能健康，他凌晨就悄悄起身，進到廚房，為家人做「愛心早餐」，選用最新鮮的食材、最健康的調理方式，為的就是留給家人最好的。吃得健康，是他人生紀錄本中的重要一頁。

我的爸爸，不但喜歡運動，飲食也十分均衡，難怪他會是大家口中的「健康先生」。他最喜歡的一句話：「健康是無價的，沒有健康，你就什麼也沒有。」所以他不但希望自己健康，也希望家人健康，更希望全世界的人們都能保持著良好的健康習慣喔！

貓

黃詠倢

我喜歡貓。

我覺得貓是世上最可愛的動物了！圓滾滾的眼睛，撒嬌時千嬌百媚的模樣讓我深深地著迷；但是因為媽媽怕貓，所以貓對我而言，一直都是「可遠觀而不可褻玩焉。」一直到有一天，爸爸的朋友送了我們一隻貓，我和妹妹、弟弟欣喜若狂！連忙裝無辜的詢問媽媽：「可以把牠留下嗎？」只見媽媽面有難色、猶豫再三，我們連忙哀求媽媽，並且再三保證一定會幫忙照顧貓咪，不會造成媽媽的困擾，小貓咪也一副可憐兮兮、楚楚可憐的模樣，似乎站在我們這一國。最後媽媽勉為其難地答應了，並且語重心長地警告我們以後一定要幫忙照顧貓，否則，立刻把貓再轉送他人。我們二話不說立刻猛點頭的答應了，因為養貓是我們一直夢寐以求的一件事，機會來了，怎麼可以不好好把握？「喵！喵！喵！」貓咪也似乎知道，牠已經是我們家的一分子了！

小貓剛到我們家時，才一個多月大，但牠的來臨卻擁有巨星般的等級，爸爸精心為牠準備了貓砂盆、貓砂、飼料盆、飼料……所有人都圍著牠觀看，全家彷彿迎接新生兒的誕生。牠真的好可愛、好「卡哇伊」呀！來到陌生環境的牠以迅雷不及掩耳的速度躲到角落，任憑我們如何呼喚牠，牠都不出來，直到逗貓棒的出現，嬌羞、害怕的牠才願意現身，看來牠其實是一隻貪玩的貓。爸爸說貓是自由的，所以沒有準備貓屋，但為了讓牠習慣我們，暫時把貓關在鳥籠，因此鳥籠就成為了「貓屋」。我家的貓應該是史上第一隻住在鳥籠裡的貓吧！經過全家人的討論，我們一致通過「小斑」（貓的名字）正式成為我們家的一分子。

我真的好喜歡貓，我可以一整天看著小斑，欣賞著牠的舉手投足、一舉一動，真是百看不厭！和小斑相處久了，慢慢也知道牠的喜好是什麼，牠喜歡吃雞肉，但面對其他肉品，牠還是會勉為其難的吃完；小斑喜歡看窗外和門外面的世界，是個十足的好奇寶寶。牠只要進到我房間，第一件事就是躡手躡腳的走向窗簾，鑽到窗簾內側，找一個好位子，靜靜趴著，然後凝神的觀看窗外；不然就是跑到一樓，變成「蜘蛛貓」掛在紗門上欣賞門外的世界，不知道牠是在看什麼還是在想什麼？小斑還喜歡睡在我的床上，看窗外累了，就會爬到我的床上，踩棉被、啃被單，找到喜歡的地方，就將身體縮成一團，直接大剌剌的睡在床上；天冷時，還會用匍匐前進的方式爬進我的被窩裡取暖……牠真是個調皮的孩子。小斑的魅力無限，連討厭貓的媽媽，從一開始看到貓的退避三舍，到現在相處久後，也臣服在小斑的石榴裙下。有一天我竟然看到媽媽在和小斑玩，真是出乎我的意料！「小斑！小斑！」一果真魅力無法擋，由此可見一斑！

爸爸在網路上看到一家貓咖啡館，知道我們喜歡貓，所以立刻呼朋引伴、快馬加鞭，經過幾十分鐘的漫長車程，終於到了。我們迫不及待進到店裡，眼力很好的妹妹立刻發現貓的所在位置，我們立刻團團包圍住店裡的貓，好好品頭論足一番。店裡的貓和小斑的差別在於小斑是短腿貓，但店裡的是長腿貓；小斑有戴項圈，但店裡的貓沒戴項圈；小斑很怕弟弟，但店裡的貓不怕弟弟……不過牠們都有一個共通點，那就是：都很愛睡。小斑可以從上午睡到下午，店裡的貓從我們到時就已經呈現睡眠狀態，一路睡到晚上。但夜幕低垂後，養精蓄銳、容光煥發的牠們，每個都像脫韁野馬似的向外跑，連服務生都不知道牠們在哪裡，那活力四射的模樣和睡著時，真的差了十萬八千里呢！

難忘的吃火鍋滋味

陳弘家

寒流持續發威，氣溫驟降。早晚溫差大，每天早上我都是依依不捨的離開溫暖被窩，然後再睡眼惺忪的去刷牙洗臉。冰涼的冷水，把我的手凍得紅通通的，搓了搓凍紅的手，不禁把雙手放在嘴邊上呼氣。這霸王級的寒流來勢洶洶，就像一個超大冰箱不斷製造冷空氣的侵襲，放在家中塵封已久的大衣外套、圍巾、手套……等禦寒衣物，總算再度的派上了用場。

寒流來臨的這一天，我們一家四口討論晚餐吃什麼？妹妹欣喜雀躍的說：「天氣太冷了，不如圍在一起吃火鍋吧！」我和爸爸也表示同意。下午我和爸爸就開車前往大賣場選購食材，有麻辣湯底、鴨血、豆腐、肉片、年糕、草蝦、香菇、丸子、新鮮青菜，還有我最愛喝的汽水。因為是假日，大賣場人多擁擠，排隊結帳回家後也沒有閒著，就馬不停蹄的準備大鍋子和食材，先把大鍋子洗乾淨，再將青菜切段洗淨、蝦子快速開背、去殼、去腸泥、丸子對半切，雖然很忙碌又很累，但一想到晚餐是吃熱呼呼的麻辣火鍋，我就垂涎三尺啊！

「咕嚕、咕嚕」，麻辣火鍋開始沸騰了，餐廳頓時香味四溢，我馬上先加入年糕、香菇和丸子，再陸續加入鴨血、豆腐、肉片、草蝦、新鮮青菜。不一會兒，我看這麻辣火鍋熱氣騰騰，充滿麻辣湯底和食物美味的香氣，麻辣火鍋已經煮好了，我拿筷子挾起肉片，肥瘦適中沾滿湯汁又垂涎欲滴，放到嘴裡，那個味道、那個香氣、又麻又辣的感覺瞬間在舌尖上湧動，非常的好吃。接下來，我又挾起鴨血，咬一口，那種麻辣滑嫩的口感，彷彿身體的毛細孔都釋放開，正在享受促進新陳代謝的按摩。於是，我和家人們享受並大口大口的吃了起來。

在冷颼颼的天氣裡，麻辣火鍋百吃不膩，想吃什麼料就自己加，除了能把空虛的胃填滿滿外，還有一種特別熟悉而溫暖的幸福感，這就是我難忘的麻辣火鍋滋味啊！

少年文學61　PG2835

志學之年，回憶中的樂園

——中學生作文集

主編／楊秀嬌
繪者／蔡謹安、徐心苓、游軒如
責任編輯／陳彥儒
圖文排版／陳彥妏
封面設計／陳香穎
出版策劃／秀威少年
製作發行／秀威資訊科技股份有限公司
114 台北市內湖區瑞光路76巷65號1樓
電話：+886-2-2796-3638
傳真：+886-2-2796-1377
服務信箱：service@showwe.com.tw
http://www.showwe.com.tw

郵政劃撥／19563868
戶名：秀威資訊科技股份有限公司
展售門市／國家書店【松江門市】
104 台北市中山區松江路209號1樓
電話：+886-2-2518-0207
傳真：+886-2-2518-0778

網路訂購／秀威網路書店：https://store.showwe.tw
國家網路書店：https://www.govbooks.com.tw
法律顧問／毛國樑　律師

總經銷／聯寶國際文化事業有限公司
221新北市汐止區康寧街169巷27號8樓
電話：+886-2-2695-4083
傳真：+886-2-2695-4087

出版日期／2022年10月　BOD一版　**定價**／320元
ISBN／978-626-96349-3-4

讀者回函卡

秀威少年
SHOWWE YOUNG

國家圖書館出版品預行編目

志學之年,回憶中的樂園：中學生作文集/楊秀嬌作. -- 一版. -- 臺北市：秀威少年, 2022.10
面；　公分. -- (少年文學；61)
BOD版
ISBN 978-626-96349-3-4(平裝)

863.55　　111014263